자전거 타고 전국 다녀 보기

자전거 타고 목포 다녀
오기

자전거 타고 여기저기
다녀보기

자전거 타고 수원둘레
길 다녀보기

자전거 타고 제주도 다
녀보기

문호일 지음

책 머리말

내가 그동안 살아오면서 그때그때 기록으로 남겨 두었던 것을 POD(Publish On Demand)로 책을 내가 마음먹은 데로 발간할 수 있는 시대의 변화를 맞이하여 책을 내기로 했다.

남들이 다 가보는 외국여행을 한 기행문을 "나의 아름다운 신사유람"이라는 제목으로 출간을 하고, 이어서 내가 살고있는 수원에서 부산까지 걸어서 가본 것을 기본으로 하여 국내 도보여행 기행문과 외국여행 기행문을 합해서 "나의 아름디은 세상 나들이"라는 책으로 발간을 했다. 그리고 전국의 이름있는 섬들을 답사해 보고는 "나의 아름다운 섬 나들이" 라는 책을 지었다.

그리고 이번에는 자전거를 타고 수원에서 목포까지 갔어는 중부내륙을 거쳐서 수원으로 돌아온것을 필두로 하여 전국 방방곡곡을 자전거를 타고 다녔던 기행문을 모아서 "나의 아름 다운 자전거 타기"라는책을 4번째로 발간하는 것이다.
현재와 같은 안전 자전거가 탄생한 것은 1876년 영국의 로슨이 처음으로 만들었다고 한다. 그후 1895년에 공기타이어가 추가 되면서 대량생산에 이르게되었다고 하는데 이러한 자전거를 타고 나의 근육의 힘으로 전국을 돌아 본것입니다.

책이 나오기까지 물심양면으로 힘을 보태준 동생 문호준에게 심심한 고마운을 드리고 옆에서 애를 쓴 집사람에게도 감사한 마음을 전한다.

차 례

제1부 자전거 타고 수원에서 목포 다녀오기

자전거를 타고 2007년 7월 29일에 년중 가장 무더운 시기에 2007년 8월 7일까지 우리나라 서해안을 돌아 중부내륙을 거쳐서 다시 수원까지 남한 일부를 돌아 본 기행문 입니다.

수원에서 인천으로, 인천에서 서해안을 따라서 남으로 경기도 화성시의 시화방조제와 화홍방조제를 거쳐서 남양의 기아자동차 공장을지나서 아산만 방조제를 건너 충청남도로 들어 갑니다.

충청남도의 홍성과 보령을 거쳐 장항에서 금강하구를 건너 전라북도 군산으로 갑니다.

군산에서 김제로 하여 전라남도 영광을 지나 목포에서 방향을 동으로 하여, 영암에서 다시 방향을 북으로 하여 나주 광주로 왔습니다.

광주에서 전라북도 정읍을 거쳐서 삼례를 지나, 충청남도 논산으로 하여 차령산맥을 넘어서 천안으로 왔습니다.

천안에서 다시 경기도 수원집에 나선지 10일 만에 돌아 왔습니다.

1일 차 : 지나는 나그네를 말없이 지켜보는 경계비
수원~시흥('06, 7, 29(토))비

　7월 29일 하늘은 잔뜩 찌푸리고 긴 장마의 마무리를 하려는 듯 간간이 보슬비를 뿌리는 오후 4시 30분, 자전거의 페달을 밟으며 인천으로 향했다. 자동차로야 수도 없이 오갔던 길이 건만, 생각보다 길고도 지루한 길이다. 마침내 경기도와 인천시가 서로 경계를 이루는 언덕에는 비를 맞고 선 경계석이 저만치서 나를 지켜보고 있다. 어디 가시는 누구신지요 무사를 빕니다. 하는 것 같다.

경기도와 인천광역시 경계표지석

　20시경에 시흥의 은행동에 도착하여 여관에서 땀에 젖은 옷들을 주인에게 세탁을 부탁하고 슬리퍼, 필기구, 지도 등 여행에 필요한 물품을 준비한 후에, 저녁 사서 먹고 어지럽던 머릿속을 정리하면서 일찍 잤다.
　수원집(16:30)－시흥(20:00), 지도 11,000원 ; 노트 1,500원 ; 슬리퍼

16,000원 ; 저녁 감자탕 5,000원 ; 여관비 30,000원 합계 63,500원

https://blog.naver.com/hoilsanta/221499332486

인천연안부두 대합실

2일 차 : 휴가 인파로 넘치는 인천 연안 부두 대합실
시흥~인천~서신('06. 7. 30(일))안개비 오후맑음

6시에 가상하여 아침을 먹으려니 적당한 곳이 없기에 김밥집에서 2줄을 싸서 한 줄은 먹고 한 줄은 점심용으로 챙겼다. 새벽의 인천길은 엷은 안개에 싸여 신비로운 기운마저 감돈다. 이따금 지나는 차들과 나란히 달리는 기분은 말할 수 없는 쾌감을 자아낸다. 시속 약 40km로 시내 한가운데를 달린다고 상상을 해보면 알 것이다. 그 짜릿한 맛을.

인천연안부두 대합실

인천 연안부두의 여객청사 내 대기실은 도서지방으로 떠나려는 피서객들로 인산인해를 이루고 있다. 부근의 상인들 말로는 이렇게 많은 인파는 처음이라 한다. 그것도 그럴 것이 올해의 장마는 유난히도 길었다. 휴가 기간도 장마가 끝나는 시점으로 하다 보니 일시에 집중 현상이 생겼으리라 짐작이 간다. 아무튼 저 많은 사람이 언제 떠날 수 있을지 괜스레 내가 걱정되는 것은 무슨 까닭일까? 휴가도 좋지만 집을 떠나면 고생이다는 말은 저들만 두고 하는 말일까? 남들이 나를 보면 미쳤다 하지 않을까 하는 생각도 해보면서, 오지랖이 너무 넓은 것도 못 말리는 천성인가 하고는 스스로 웃어본다.

시화방조제

지금부터는 남으로 남으로 목포까지 가야 한다. 도시의 번잡과 소음을 뒤로하고 송도 매립지를 먼발치로 보면서 시간이 나면 한번 둘러보리라 마음먹고, 그냥 송도유원지를 비켜서 남동공단을 관통하여 소래에 도착하였다. 김밥을 꺼내서 참으로 먹고, 이웃 가게에서 물을 얻어먹고는 땀 식혀서 쉰 후에 시화방조제를 건넜다. 연전에는 안양에 있는 동생과 시화 방조제를 걷는데 3시간이 걸렸었다. 그때 자전거로 달려 보고팠던 것을 이제야 50여 분 만에 성취한 것이다. 감개무량해진다. 세계 최대의 조력 발전소를 짓는다는 조감도를 보니 뿌듯함을 느낀다.

언젠가 수년 전에 시화호 오염을 모 일간지가 보도한 이후 환경단체 등에서 방조제를 허물자는 극단론자들도 있었지만, 이제는 관련 기관에서 서로 앞다투어 간척지를 차지하려고 하고, 그 이용·가치는 날로 중대함을 볼 때, 반대론자들은 무슨 변명을 할지 자못 궁금해진다.

　지루하던 장마도 설설 물러가는지 따가운 햇볕이 간간이 구름 사이로 비칠 때면 지쳐가는 나를 더욱 힘들게 한다. 길가 좌판에서 복숭아를 팔기에 싸 먹으려 하였더니 적은 양은 안 판다면서 상품 가치가 떨어지는 것을 별도로 담아 두고 먹고 싶은 대로 먹고 가란다. 세상에는 이러한 인심들이 도처에 있음을 본다. 그래서 우리 사회는 아직도 건강하고 살 맛나는 세상이다. 진심으로 감사하면서 잘 먹었다. 따가운 햇볕을 피하여 서신에서 여관을 잡고 저녁을 먹었다.

　시흥기상(06:00)－시흥 출발(07:20)－연안부두(09:00)－서신(16:30) 조식, 중식 김밥 2,000 ; 냉커피 2,000 ; 빙고 1,200 ; 석식 곰탕 4,000 ; 여관 30,000 합계 39,000원

　https://blog.naver.com/hoilsanta/221499390127

3일 차 : 서해안 시대의 총아 방조제
서신~홍성('06, 7, 31(월)) 오전 흐림, 오후 맑음

새벽에 시원할 때 많이 가려고 일찍 일어나서(04:30) 준비하여 05:20에 출발하였다. 마무리 공사 중인 화옹방조제(약 9km)를 지나서 매향리를 지났다. 새벽의 농촌 들녘에서 풍겨오는 벼가 자라는 특유의 냄새가 어린 시절 고향의 우리 논에서 김매기를 하던 향수에 젖게 한다.

고요한 아침의 시골 정경에 미군 폭탄 잔해를 보면서 치밀어 오르는 분노를 참느라 힘들었다. 오늘날 우리 사회의 진보와 보수, 좌와 우, 반미감정의 노골화, 한미동맹 흔들기, 이데올로기의 갈등을 어떻게 풀어야 할지 참으로 딱하다.

매향리 폭탄 잔해

노태우 대통령 시절에 소위 북방정책이라 하여 러시아와 중국(당시는 중공)을 향한 정책을 펴나가던 시절에 서해안 시대라는 새로운 아젠더를

제시하고 온 국민을 들뜨게 할 때 기아자동차에서 남양 앞 갯벌을 매립하여 거대한 공장을 지었다.

남양만 방조제, 아산만 방조제를 합치면 오늘 내가 지나온 방조제가 4 개나 된다. 우리도 잘살아 보자고 중장비도 제대로 없던 시절에 방조제를 막고, 수문을 내고 간척을 하여 농토를 개간했다. 5천 년 이래 풍요를 누릴 수 있도록 하여 주니 이제야 하는 말이 개발 독재다. 대중동원이 다 하며 폄훼하더니 그 생산물을 어디다? 못 주어서 안달을 피우는 자들이 이 나라 이 백성을 어디로 끌고 가는지, 전작권 회수는 자주권이요, 자주국방이라 외치면서 누군가 원했던 일들을 스스로 해결하여 주고 있으니 우리의 앞날이 심히 걱정스럽다.

도고온천 가는 중에 어느 주유소에 들러서 쉬어 가려 하는데, 생면부지의 사장님이 나오셔서 반기며 물도 주고 냉커피도 준다. 세상은 이렇게 너그러우시고 고마운 분들이 있으므로 살만한 것 아닌가 생각하면서 나는 과연 얼마나 세상살이에 이바지하였는가 반문해 보기도 한다. 홍성에 도착하여 저녁을 먹었다.

기상(04:30)−서신 출발(05:20)−화홍방조제 −매향리−기아자동차−아산만방조제−신례원−홍성(17:20)
조식 된장 4,000 ; 중식 된장 4,000 ; 석식 4,000 ; 음료수 4,000 ; 피부화상약 3,000 ; 여관 30,000 합계 49,000원

https://blog.naver.com/hoilsanta/221499716962

4일 차 : 험준한 차령산맥넘어 낭만의 군산까지
홍성~군산('06, 8, 1(화)) 맑음

새벽은 종용하고 차들이 적어서 좋다. 하지만 질주하는 차량도 있어서 조심해야 한다고 다짐을 하면서 페달을 밟는 다리에 힘이 들어가지 않는다. 이제 겨우 초반인데 이러다 도중하차 하는 것 아닌가 걱정이 된다. 그러다 달리다 보니 어느샌가 나도 모르는 사이에 보령을 지나고 차령산맥의 험준한 산 고개를 넘어 힘차게 달리고 있다. 스스로 놀라워진다. 해가 뜨면서 더워진 대지는 불타오르고 해풍이 불어오는 방향으로 바람을 안고 가기란 여간 힘 드는 것이 아니다. 어부들은 이 해풍과 육풍을 이용하여 돛을 달고 고기잡이를 하는 지혜를 가지고 있었다. 인천에서부터 계속 바람을 안고 진행을 하다 보니 이 바람이 언제쯤 거치려나 하고 내심으로는 짜증스러웠는데, 이 자연의 이치를 깨닫는 순간에 내가 바보스러워진다. 돌아올 때 이 길을 선택하였으면 얼마나 좋았을까? 뒤에서 바람이 밀어 줄 테니까?

홍성의 조양문

차령산맥을 중심으로 남북으로 보령시(대천)와 서천군으로 갈라진다. 산맥의 북쪽 기슭에는 해풍을 막아서 인지는 모르나 포도원이 많다. 비닐하우스에서 익어가는 포도가 끝없이 펼쳐져 있다. 이육사의 "청포도"가 생각난다.

<청포도>

내 고향 칠월은
청포도가 익어가는 시절

이 마을 전설이 주저리주저리 열리고
먼데 하늘이 꿈꾸며 알알이 들어와 박혀

하늘 밑 푸른 바다가 가슴을 열고
흰 돛단배가 곱게 밀려서 오면

내가 바라는 손님은 고달픈 몸으로
청포를 입고 찾아온다고 했으니

내 그를 맞아 이 포도를 따 먹으면 두 손은 함뿍 적셔도 좋으련
아이야, 우리 식탁엔 은 쟁반에 하이얀 모시 수건을 마련해 두렴

자전거로 산맥을 넘기란 여간 힘 드는 것이 아니다. 자전거를 이를 악물고 끌고 올라가야 한다. 그러나 내려갈 때는 무섭게 내려간다. 올라갈 때 45분 걸렸는데 내려 올 때는 5분 만에 웅천에 닿으니, 그 유명한 보령석재가 제일 먼저 맞이한다. 예로부터 돌 하면 보령이었다. 수석을 수집하는 사람은 보령의 오석을 최고로 쳐 준 것으로 안다. 그래서인지 웅천에는 석재산업이 발달해 있다. 국도를 따라서 줄을 서서 있다. 옛날에는 동네 입구에 선돌이 서 있었으나 요사이는 마을을 알리기 위하여 동네 입구에 자연석으로 다듬어서 마을의 역사와 자랑을 새겨서 세워두었다. 한때는 4H 클럽의 4잎 클로버가 지키고 있기도 하였는데 지금은 찾아보기 힘든다. 이렇게 하여 그 수요가 늘고, 돌아가신 분들의 유택도 돌로 지어 주

다 보니 납골당 묘석도 이석재 산업의 전망을 밝게 하는 것 같다. 진작 돌하면 보령을 말하지만 실제로는 웅천에 있다. 차령산맥 북쪽은 포도요, 남쪽은 돌 이렇게 대조를 이루고 있다.

우리나라의 취락 구조를 보면 대부분 산으로 둘러싸여 있고 앞에는 물이 흐르는 형태를 한 이른바 배산임수형이 많다. 차를 타고 갈 때는 잘 몰랐는데, 자전거를 타고 가다 보면 도시와 도시의 거리가 약 15km 아니면 그 배수인 약 30km 거리에 산 고개 몇 개를 너머 있다. 나는 시속 15km 정도로 달리는 것이 가장 좋았다. 그래서 한 시간 단위로 휴식을 취하려고 다음 도시로 이동할 때, 마지막 남은 거리에서 지친 상태로 산 고개 몇 개를 자전거를 끌고 넘기란 여간 힘겨운 일이 아니었다.

보령의 포도원

웅천에서 산 고개 몇 개를 넘어 찾아온 서천에서, 휴식 겸 목마름을 달래기 위하여 슈퍼에 들렀다. 음료수를 청하면서 장항까지의 정황을 물었다. 무조건 한참을 가야 한단다. 길손이 길을 물으면 정중하게 친절히 안내해 주어야 한다고 평소에 가지고 있던 지론이 한순간에 무너지는 것이다.

혹시 질문하던 나의 태도가 불손하였던가 생각도 해 보았다. 그래도 마음이 언짢은 것은 무슨 까닭일까?

유명한 장항제련소 굴뚝

충청도의 마지막, 장항선의 종착역인 장항은 남모를 애착이 있다. 이미 고인이 된 2명을 포함하여 한창이던 시절에 다녀간 추억이 있어서 이다. 일제시대에 건설하였다는 장항제련소의 독특한 굴뚝도 인상에 깊고, 도선으로 건너는 금강의 물살을 헤치는 낭만도 있다. 처음부터 머리를 빡빡 깎기로 결심을 하고 나섰는데 기회가 없어서 못 깎았던 머리도 밀고 장항역 앞에서 기념사진도 찍고, 방풍 안경도 싸서 끼고, 선팅 크림도 발랐다. 모처럼 여유로운 시간을 가졌다. 점심 먹고 강 건너 군산에서 잤다.

기상(4:58)—홍성 출발(5:30)—광천—보령—웅천—서천—장항—군산(15:30) 조식 된장 4,000 ; 중식 국밥 4,000 ; 석식 4,000 ; 음료수 2,500 ; 안경 30,000 ; 선팅크림 12,000 ; 여관 30,000 합계 86,500원

https://blog.naver.com/hoilsanta/221500177033

5일 차 : 불타는 아스팔트길에 사라지는 시골 정취
군산~영광('06. 8. 2(수)) 맑음

군산에서 만경을 거쳐 부안으로 갈려고 새벽에 날이 새기 전에 나왔는데 그만 날이 어두워서 도로표지판을 못 보고 길을 놓치는 바람에 돌고 돌아 약시간반 정도 손실을 보고 만경에 도착하였다. 이왕 계획이 틀린 참에 김제를 들르기로 하고 가는데, 김제 만경의 광활한 평야는 온데간데 없고 시종일관 언덕과 구릉을 맴돌아 김제에 도착했다. 맥이 풀린다. 다행히도 거대한 KBS 송신탑이 보란 듯이 뽐내고 있는 넓은 들판이 나와서 마음의 안정을 어느 정도 이루고, 부안으로 향했다.

김제-부안-영광으로 이어지는 국도는 확포장이 되어서 4차선 도로로 고속도로와 다를 바 없다. 길만 횅하니 곧게 뻥 뚫려 있을 뿐 옛날 같은 정취는 없다. 가로수가 늘어진 그늘도 없고 담장 넘어 빨랫줄도 보이지 않는 날이 선 아스팔트 길이 송곳처럼 뻗어 있다. 더위 먹은 기류가 아지랑이 되어 이글거리는 숨 막히는 차도일 뿐이다. 트레이드 옵이(Trade Off) 철저히 지켜지고 있다.

부안의 백합죽이 전국의 매스컴에 몇 번이나 나왔던 음식점에서 백합죽을 맛있게 먹었다. 시골의 한쪽 모서리에 자리하고 있으나 특색이 있고 독특한 나만의 빛깔이 있으면 빼어남을 남들이 인정한다는 대표적 사례가 아닌가 한다. 백합이라면 조개의 색깔이 백색이라 붙여진 이름인 줄 알았던 나는 백 가지 모양과 색을 띠고 있다 하여 백합이라 함을 처음 알았다. 한마디로 부끄럽다.

시골은 마음의 고향이요. 안식처 같은 기분이 점차 사라져 가는지 매미 소리 마저 잠들어 있다. 하지만 정겨운 무안의 배롱나무 가로수는 잊을 수 없다. 늘어선 포푸러가로수 보나도 민지 다가오는 가축분뇨 냄새를 이겨내고 영광에 닿으니, 여관집 주인 왈 매일 자전거 하이킹하는 사람 한두 명은 잠자고 간다고 한다. 나도 그 중의 영광스러운 한 사람이 로다

김제 부안간 도로

기상(3:58)−군산 출발(4:15)−김제−부안−고창−영광(15:00)
조식 백합죽 7,000 ; 중식 냉면 5,000 ; 석식 냉면 5,000 ; 다과 5,600 ;
여관 30,000 합계 52,000원

https://blog.naver.com/hoilsanta/221500249198

6일 차 : 유달산은 알고 있다
영광~목포 미안('06. 8. 3(목)) 맑음

영광에서 함평은 예의 도시 간의 거리인 약 30km에 이른다. 함평은 오래전에 지도(智島)를 가려고 지나간 일이 있어서 낯설지 않다. 지도(地圖)를 보면 지도(智島)가 서해로 쭉 뻗은 반도의 끝에서 연륙교로 이어져 있다. 우리나라의 삼면이 바다로 둘러싸여 있는 것은 누구나 아는 사실이다. 서해나 남해는 복잡한 리아스식 해안이면서 셀 수 없을 만큼 많은 섬이 여기저기 흩어져 있다. 이 섬들을 가보고 싶은 욕망에서 우선하여 연륙교로 이어진 곳은 거의 빠짐없이 가본다. 지도로 가는 24호 국도는 구릉지대를 따라 놓여 있다. 이 구릉은 대부분 황토지대로 양파를 재배한다. 수확 철이 되면 길가나 온 들판에 양파를 담은 그물망들을 산더미처럼 쌓아놓고 소비지로 운반을 기다리는 광경은 장관을 이룬다.

국도호선 2호선 교차로

앞으로 연차적인 계획으로 오지의 더 많은 섬이 연륙교로 이어질 날이 머지않았다. 특히 전라남도의 서해안을 끼고 남향하는 77호 국도는 연륙(連陸)에서 연도(連島)로 이어져 영광에서 압해도를 거쳐 목포와 진도까지 이어질 때 섬사람들의 교통편의는 말할 것도 없거니와 지방의 균형된 발전과 농어촌 소득향상에 크게 기여하면서 유명한 관광자원이 될 것임이 틀림없다. 그날이 어서 오기를 손꼽아 기다려 본다.

화려한 목포시장

지금까지 따라왔던 23호 국도를 나주로 보내고, 국도 1호선을 타고 곧장 목포로 향한다. 묘한 기분을 느낀다. 국도 1호는 목포에서 시발하여 대전, 서울을 거쳐 평양, 신의주까지 가는 도로다. 어서 통일되어 끝까지 달려 보고픈 마음을 억누르고 도착한 것이 목포다. 말하자면 목포는 국도 1, 2호선이 교차하고 현재는 시발지이기도 하다. 목포시에서 이런 점을 홍보하고 관광 자원화하면 전국에서 관광객들이 더 많이 모여들 것이다. 우리나라 유일무이한 자원이 아닌가, 목포시민에게 국도 1호선과 2호선의 교차점과 시발점을 물었다. 아는 사람이 없다. 지역민이 내세워야 하는데 지역민조차 모르는데 전국의 외지 사람들이 어느 누가 관심을 가지고 찾아 들 수 있을까? 수원의 화성은 수원시민 전체가 안다. 그만큼 수원시민이나 행정관서인 수원시가 심혈을 기울이고 있는 탓이다. 지방의 발전은 그 지방의 관련 기관과 지방민이 앞장을 서야 한다는 교훈을 주고 있다.

목포의 유달산은 임진왜란 당시에 이순신 장군의 노적봉으로부터 잘 알려진 목포의 명물이다. 왜정시대의 수탈기를 거쳐 현대에 이르는 동안 우리의 역사를 지켜보고 있다. 그 아래 과거의 영광스럽던 구시가지는 새로운 단장을 하고 그 화려함을 뽐내고 있다.

오늘날 사통팔달의 교통망과 신항만의 우렁찬 뱃고동은 대불, 삼호공단이 자리한 덕분일 것이요, 호남인들의 잘살아 보자는 욕망의 산물이다. 한편으로 문화 예술 분야도 진흥하고 있는 목포의 기백은 전국 어느 다른 도시보다도 더욱 돋보이는 부분이다. 모름지기 산업화하면 될수록 인간성이 메말라 가는데, 문화 예술은 한줄기 감로수가 되는 것을 목포는 알고 있다.

문화예술회관

목포를 대표하는 이난영이 부른 "목포의 눈물"은 목포인뿐만 아니라 전 국민의 심금을 울리는 노래다. 이와같이 목포는 찬란한 문화유산을 간직하고 있는 유서 깊은 고장이기도 하다.

목이 말라서 빙수 한 그릇 사서 먹고 잠시 휴식을 취하면서 장도를 생각해 보았다. 아무래도 복중 염천에 타오르는 아스팔트 열기를 감내하기란 여간 고충이 아니다. 연일 내리쬐는 뙤약볕에 일사병으로 숨진 사람이 많다고 TV에서는 빠지는 날이 없다. 계획도 좋고 소원도 좋지만 잘못되는 날에는 돌이킬 수 없는 일이 될 수도 있을 것 같아서 목포를 반환점으로 하여 1호 국도를 타고 영암-나주-광주-전주-삼례-연무-논산-공주-행정-천안-평택-오산-수원으로 계획을 변경하고 목포에서 쉬었다.

목포역 대합실

기상(04;53)-영광 출발(05:30)-함평--무안-목포(11:00)-미암 도착(819호 지방도 영암진입 지점 14:00)
빙수 3,000 ; 조식 된장 5,000 ; 중식 냉면 5,000 합계 13,000

https://blog.naver.com/hoilsanta/221500714507

7일 차 : 모르고 속고 알고 속고
목포 미암~나주('06, 8, 4(금)) 맑음

비싸게 산 나의 자전거가 나의 잘못으로 이상이 발생하였다. 목포에서 중고 제품으로 바꾸었다. 본래 내가 타고 갔던 것은 수원에서 샀던 것인데, 목포의 자전거방 사장이 얼마 주었느냐고 묻기에 일백만 원 남짓이 주었다고 하니 그 값의 반 정도면 살 수 있다고 한다. 입맛은 쓰지만 지나간 일이라 잊기로 하였다.

바꾼 중고 자전거는 본래 일백일이십만 원하는데, 부품을 이것저것 각국의 전문메이커 제품으로 조립한 전문 산악용이라고 자랑한다. 실제로 타보니 지난 것보다 힘도 덜 들고 기어 첸지도 훨씬 부드럽다. 아 그 말이 맞는다고 하고 기분 좋은 상태로 나주까지 갔다.

LG화학 나주공장(구나주비료공장)

가는 도중에 의자를 고정하는 나사가 풀려서 나주의 전문 자전거 방에 들려 나사를 교체 수리하는 중에 사장님이 말하기를 얼마나 주었느냐고 묻는다. 일백이십만 원짜리라고 했더니, 깜짝 놀라면서 카탈로그를 들고 나와 그 반값이면 된다고 한다. 이럴 수 있나 목포에서 분명히 거짓말은 하지 않았을 것으로 생각하여, 열 받치는 감정을 억누르고 프레임의 메이커 상표대로 하면 사장님 말씀이 맞지만, 이것은 프레임과 관계없이 각종 부품을 세계 각국의 명품만 골라서 짜 맞춘 것입니다. 하니까 한참 들여다보더니, 서울에는 이런 것 많더라고 한마디 하고는 입을 다문다. 누가 누굴 속이고, 누가 누굴 이용 해 먹는 세태를 보는 것 같아서 쓸쓸한 마음 금할 길 없다.

영암 월출산을 오른쪽으로 끼고 왔다. 월출산은 북쪽이나 동남쪽에서 보아야 제멋이지 서북쪽에서는 그 빼어난 경치를 제대로 보지 못한다. 월출산에 올라가 보지 못하는 아쉬움을 뒤로 하고 지나왔다. 언젠가는 오를 날 있겠지. 이어서 도착한 나주는 해방 전에 함흥에다 질소비료 공장을 지어서 농업용 비료와 전쟁물자인 폭약의 원료를 생산하다가, 남북으로 갈라진 이후 화학비료는 구경도 못 하였다. 6, 25 한국전쟁 이후 복구 사업의 일환으로서 미국의 원조로 충주 비료공장, 진해 비료공장과 함께 나주에다 나주 비료공장을 세워서 이 비료를 사용하여 우리나라 농업을 부흥시켰다. 여기서 생산된 비료로 농업의 생산성을 높이고 농가소득이 증가하면서 경제 발전의 실마리가 되었음을 생각할 때 그 앞을 지나는 자전거 꾼은 숙연해진다. 지금은 LG화학 공장 간판을 달고 있는 것을 볼 때 그 본연의 임무를 다하고 민영화되었음을 알 수 있다. 유명한 나주 배는 철이른 탓으로 맛도 못 보고 샤워하고 잠들었다.

미암 출발(12:00)-영암-나주 도착(15:30)
음료수 1,200 ; 다과와 음료수 6,800 ; 중식 청기와탕(콩나물국밥) ? ; 여관 20,000 합계 20,600원

https://blog.naver.com/hoilsanta/221501314654

8일 차 : 어둠을 불사르고 다시 태어나는 광주
나주~전주 지롱리('06. 8. 5(토)) 맑음

나주 광주 간의 곧게 뻗은 도로는 호남평야의 넓은 들을 가로질러 간다. 벼가 자라고 있는 녹색 바다를 헤치면서 달리는 새벽길은 그저 감격스러울 뿐이다. 저 멀리 동쪽 하늘 아래 광주의 어렴풋한 스카이라인에는 실루엣이 머물고, 논에서 풍기는 특유한 벼 크는 냄새는 향수에 젖게 하고 동심의 세계로 몰아간다.

지금 광주는 황금기를 맞고 있다. 사통팔달의 신설도로망과 첨단 연구소며 산업단지를 품에 안고 문화의 중심지로 우뚝 솟아오르고 있다. 김대중센터를 안내하는 도로표지판을 시 외곽부터 세워두었다.

민주화의 요람 금남로 하며 5, 18 묘지는 다음 기회로 미루고 송정리를 거쳐서 호남 고속도로와 나란한 국도 1호선을 타고 장성을 향하여 페달을 힘차게 밟았다. 가로수가 줄지어 선 낭만이 있고 풍치가 정겨운 시골의 정서가 서려 있는 매미가 우는 도로다. 우마차 한 대만 더 보태었으면 딱 맞는데, 아쉽다.

장성에서 정읍을 가려면 국도 1호선은 장성댐을 돌아야 하므로 장성댐 제방 아래에서 지름길을 택하면 좋다. 백양사역 앞에서 다시 만난 국도 1호선은 굽이굽이 고부랑 거리면서 무등산의 서쪽 자락인 노령산맥을 넘는다. 이번 여행에서 가장 힘 드는 도로다. 돌고 돌아 비탈을 오르기를 거의 한 시간가량 자전거를 끌고 올라왔다. 길가 나무 그늘에서 땀 닦고 물마시고 쉬어도, 쉰 것 같지 않다. 어서 정읍에 가서 시원한 냉방에서 점심을 먹어야 하는 간절한 생각만 난다.

백제 시대의 유일한 가사 문학으로 전해져오는 "정읍시"는 고려 시대에 악학궤범 권5에 실려져 오늘날까지 우리의 정서를 사로잡는다. "고려사

악지"의 기록에 의하면, 정읍현 사람이 행상을 떠나 오래도록 돌아오지 않으므로 그의 아내가 산에 올라가서 먼 곳을 바라보며 남편의 안전을 빌다가 돌이 되었다고 한다. 등점산에 이 망부석이 있다고 한다.

어둠을 불사르고 해뜨는 광주

정읍을 지나서 전주까지는 곧은 길, 넓은 길이다. 폭염만 없으면 좋으련만, 냇가에서 천렵하는 사람도 있고 가족 나들이도 보인다. 나도 그냥 입은 채로 헬멧도 쓰고 안경도 낀 채로 물속에 드러누웠다. 전주 서남쪽 지롱리에서 짐을 풀고 저녁 먹는데 뇌성 번개를 동반한 소나기가 지나간다.

기상(03:58)—나주 출발(05;00)—광주—장성—백야사역—정읍—전주 지롱리 도착(17:00)
조식 된장 4,000 ; 중식 된장 4,000 ; 석식 된장 5,000 ; 여관 20,000 합계 33,000원

<정읍사(井邑詞) >

달하 노피곰 도드샤
어긔야 머리 곰 비취오시라
어긔야 어강됴리
아으 다롱디리
져재 녀러신 고요
어긔야 즌데를 드대욜셰라
어그야 어강됴리

어느이다 노코시라
어그야 내 가논데 점 그랄셰라
어그야 어강됴리
아으 다롱디리

9일 차 : 넓고 넓은 사나이 마음
전주 지롱리~천안('06, 8, 6(일)) 맑음

전주를 오른쪽에 두고 삼례로 가는 길은 지방도 713호다. 전형적인 시골길에 지나는 차량도 띄엄띄엄 이다. 간간이 나타나는 구릉을 지나면, 전주 – 군산 간 26호 국도를 가로지른다. 호남제일문이 좌측 바로 옆에서 밝아오는 햇살을 받아서 고래등을 보여준다. 연전에 직장에서 상사를 모시던 분과 함께 이 백릿길 벚꽃 구경을 다니던 생각이 절로 난다.

아득한 군대 시절에 삼례출신 부사관이 있었다. 그분은 신병이 보충되어 오기만 하면 고향 출신을 먼저 찾는다. 고향 삼례를 틈만 나면 자랑을 하고, 동향인 후배를 극진히 사랑했다. 그때 삼례라는 말은 절을 세 번 한다고 하여 삼례라 한다는 말을 들은 기억이 있는지라 새삼스레 반가운 마음이 든다. 왜 절을 세 번 하는지는 기억에 없다. 인터넷 검색 결과 조선 후기 전라 관찰사 이서구가 전라도 지역을 지나며 전주를 향해 삼례지역에서 세 번의 예를 갖추었기 때문에 붙여진 지명이라 하나, 고려 시대부터 있었던 지명이라고 토를 달고 있음을 볼 때 그냥 그렇구나 하고 있다.

이제 본격적인 호남평야를 달리고 있다. 이 넓고 넓은 들판을 새벽공기를 가르면서 달리는 사나이 마음은 바로 호연지기(浩然之氣)다. 영화 자이언트의 주제가를 몇 번이나 목청 높어 광활한 지평선을 향하여 마음껏 불러 보았다. 끝없이 넓은 이 땅 살기 좋은 곳. 내 사랑 하는 넓은 땅! 가슴이 탁 트인다.

옛말에 아이를 낳으면 서울로, 말은 제주도로 하는 말이 있는 거와 같이, 군대에 가려면 논산훈련소를 거쳐야 했다. 6, 25사변(요즘은 한국전쟁이라고 하는 이가 많음) 이후 육군의 제주도 모슬포 훈련소에 이어 논산훈련소를 거쳐서 역전의 용사들이 배출되어 나라를 지킨 것이다. 나는 훈련소 하면 논산, 논산 하면 연무대로 착각인지 모르는 등식을 가지고 있었다. 연무대도 훈련소 수준으로 이해하고 있었다. 연무대 앞을 지나면서, 아! 무엇인가 다름을 느낀 것이다. 내가 가지고 있었던 개념의 일반훈련소가 아니구나 하고, 아마도 정예군을 교육하는 곳이려니 하고 말이다. 아무튼 논산이든 연무대든 육군의 요람임에는 틀림 없을 것이다. 님의 공로와 앞으로 호국의 영웅들을 배출할 장도를 위해서 잠시 고개를 숙여 예를 올리고 기념사진을 찍었다.

전주시내

유유히 흐르는 금강과 인근에 신비와 신성함을 지닌 계룡산을 옆에 두고 있는 전략적으로 중요한 요지다. 영남이나 호남지역으로 나아가려면 여기를 거치면 쉽게 갈 수 있는 것이다. 일제가 경부선 철도를 공주를 거치려 하다가 여기가 어딘데 감히 시커먼 괴물을 지나게 할 수 있느냐 하는 지역정서에 부딪혀 한밭(대전)으로 변경하였다는 설이 있을 정도다.

오늘날 공주사람들의 아쉬움을 달래기라두 하듯, 참여정부는 행정수도를 옮기려 하고 있다. 대전에 빼앗긴 발전의 기회를 계룡산의 음덕으로 되찾은 것인지도 모른다. 새옹지마(塞翁之馬)다. 산업화 공해로 찌던 대전보다는 쾌적한 행정수도로 다시 태어나는 공주(公州)가 이 나라의 공주(公主)가 되도록 특별관리를 해주십사하는 소박한 지역민의 기대를 정부는 저버리지 않도록 해야 할 것이다.

보령을 지나서 차령산맥을 넘느라 고생한 일이 있었는데 다시 역방향으로 차령산맥을 넘어야 한다. 이 고개만 넘으면, 큰 산 높은 고개는 없다. 마지막이라는 기대감으로 올라가는 길은 멀고도 힘이 든다. 마침내 차령 터널의 반달 같은 입구가 반가이 맞이한다.

연무대(논산훈련소)

터널을 빠져나온 도로는 낮은 경사를 이루면서, 전주에서 헤어졌던 1호 국도를 만나기 위하여 쭉 뻗어 있다. 도로표지판은 천안과 조치원 가는 길을 안내하고 있다. 실로 얼마 만인가? 천안이 눈에 들어오는 순간 야! 드디어 끝이 보이는 것 같아 감개무량해진다. 행정에서 다시 1호 국도를 타고 천안 조금 못 미쳐있는 도리티 고갯마루에서 오늘 일정을 마무리했다. 모처럼 구름이 햇빛을 가려주는 덕분으로 목표 거리를 처음으로 달성한 날이다.

전남 전북경계 갈재 고개

기상(04:00) – 전주 출발(05:30) – 삼례 – 연무 – 논산 – 공주 – 천안 도착 (16:00)

조식 한식 4,000 ; 중식 우동 3,000 ; 석식 3,000 간식 맥주 두유 6,500 여관 30,000 합계 46,500원

https://blog.naver.com/hoilsanta/221502326482

10일 차 : 다시 제자리로
천안~수원집('06. 8. 7(월)) 맑음

수도권에 들어오니까 차량의 통행량은 새벽이라고 조용하지 않다. 대형 트럭의 대열 옆을 지나는 것은 목숨을 담보로 해야 한다. 뿜어대는 매연은 숨을 막히게 하고 시도 때도 없이 울려대는 쌍 클랙슨 소리는 긴장을 더욱 고조시킨다.

호남평야와 같은 낭만은 간 곳이 없고, 연무를 넘어 어렴풋한 경기평야의 아침맞이는 공해의 심각성을 대변하고 있다.

수원역

서해안을 돌아 내륙을 관통하여 수원역을 지나는 감개는 무량하다. 그동안 산천초목은 별일 없었느냐? 무사히 돌아오게 하신 천지신명에게 감사드립니다. 염려와 격려해주신 모든 분들께 고마운 마음 전해드리며, 끝까지 걱정으로 지새운 집사람에게 이 영광을 받칩니다.

천안 출발(06:00) - 수원집 도착(11 : 20)

https://blog.naver.com/hoilsanta/221502794262

이번 자전거 여행 마무리

1. 장거리 자전거 여행 방해꾼

1), 맞바람
인천에서 목포까지 바람을 안고 갔다. 처음에는 이 바람이 언제쯤 거치려나 하고 불평하다가, 자연의 이치를 깨닫는 순간 바보스러워졌다. 해풍과 육풍을 배우기는 하였으나 실생활에서는 적용하지 못한 대표적인 사례다. 해가 뜨면서 더워진 육지 쪽으로 해풍이 불어온다는 것을 알아야 했다. 해안을 갈 때는 잘 이용할 일이다. 얼마나 힘들었는지 원 참.

2), 혹서 혹한
한여름의 폭염은 살인적이다. 한마디로 하면 자전거 여행을 하여서는 안 된다. 피치 못할 사정이면 새벽과 해그늘을 이용해야 한다. 봄가을 선선한 계절을 택해야 한다. 혹한기도 무리수를 두는 것이다. 계절과 관계없이 기능성 긴소매 긴 바지가 필수다. 햇빛에 거슬려 피부가 상하기 때문이다.

3), 산 고개
정말 힘이 든다. 끌고 올라가야 하는 짐이다. 산이 많은 지역은 될 수 있으면 배제한다. 좁은 자전거 의자는 장시간 앉은 자세로 엉덩이가 아프다 편한 의자를 맞추어야 한다. 근육의 피로도 풀 겸 고개는 되도록 끌고 가는 게 좋다. 결코 무리해서 좋은 일은 없는 것이다.

2. 도로와 도시설계

1), 기존도시, 도로
언녁과 구릉이 많은 도시는 자전거가 짐이다. 대중교통을 이용하는 것이 좋을 것이다. 자전거용 도로를 도보 옆에 붙여서 시공해보아야 이용할 사람이 거의 없을 것이다. 짐 가지고 나오는 바보가 어디 있겠느냐? 생색내기 위해서 예산만 낭비하고, 업자 배만 불린다는 원성을 듣지 않도록 조심할 일이다. 단 평지 도시는 적극적으로 장려해야 할 것이다.

2), 신도시, 신설도로
설계부터 검토해야 한다. 자전거를 고려한 적절한 설계의 도로가 필요하다. 자전거, 자동차, 보행을 염두에 두어야 한다. 자전거는 고개나 언덕이 있으면 이용 불가로 보는 것이 좋다. 이점 명심할 일이다.

3. 자전거 여행자가 지켜야 할 일

1), 도로 교통법규를 철저히 지켜야 한다.
자전거를 타다 보면 보행 시보다도 교통신호등을 무시하기 쉽다. 사고의 원인이다. 남까지 피해가 생길 수 있다. 도로교통법을 철저히 지켜서 인적 물적 안전을 기해야 한다.

2), 도로표지판을 자주 확인해야 한다.
엎드려 달리다 보면, 길만 보고 가기 때문에 각종 표지판을 못 볼 경우가 생긴다. 자주 고개를 들고 도로 안내 표지를 확인해야 한다. 갈림길을 놓치지 않도록 해야 한다.

3), 여행자 보험에 가입할 것을 권장한다.
만약의 경우를 위한 최소한의 대비다. 여행 중 어떤 일이 생길지 아무도 모른다. 특히 자전거는 안전에 대단히 취약하다.

4), 기타 준비물을 챙긴다.
간편한 고 영양식품(초클레트나 바나나 등), 타이어 공기 펌프, 물, 헬멧, 비상 안전등 등

https://blog.naver.com/hoilsanta/221503429788

제2부 자전거 타고 여기저기 둘러 보기

자전거를 즐기는 세칭 자전거 메니아로써 가고 싶은 곳을 다녀 본 것과 조선일보에서 자전거 타기 행사를 할때 함께 참여한 것을 여기에 올리는것이다.

가장 기억에 남는 것은 경춘고속국도개통전에 이고속도로에서 먼저 자전거를 탄일이다. 행사전후로 하여 폭우가 쏟아 지는 바람에 행사는 취소되고, 갯적으로 지정된 구간을 쏟아지는 빗속을 달렸던것과 새만금 방조제 완공기념으로 방조제 위를 바닷바람을 맞으면서 페달을 밟은 기억이 새롭다.

그리고 수원에서 수지로 하여 성남의 탄천을 경유하여, 한강으로 나가서 한강변을 따라 목동까지 갔어, 안양천을 따라 수원집까지 하루에 돌아오는 서울 남부 순환코스는 너무나 힘들었다.

또 봄바람에 제주도 일주와 올레길을 약1주간에 걸쳐서 라이딩 해본것도 살아 가는데 활력소가 되고 있다.

이외에도 여러곳을 자전거를 타고 다녀본것을 함께 실었다.

1. DMZ 자전거 대행진 ('13. 10. 3 맑음)

우연한 기회에 강의를 나가고 있는 서수원 편익 시설의 자전거 타기 교육부서에서 DMZ 부근에 자전거 타러 가자는 말에 사연도 물어보지를 않고 그 자리에서 승낙하였다. 뒤에 안 일이지만 민족화해협력범국민협의회라는 단체 주관으로 금년이 세 번째라 한다. 임진각에서 출발하여 임진강을 건너 도라산역 조금 못 가서 되돌아 나와서, 통일전망대 방향으로 갔다가 다시 임진각까지 오는 총 30km 거리를 남녀노소 3,000여 명이 함께 타는 대행사다.

모이는 시간이 6시라 하여 새벽부터 부산을 떨고 나서는데, 손이 씨리고 한기가 점퍼 속을 파고드는 쌀쌀한 날씨다. 예정 시간보다 10분 정도 일찍 도착하여 약간 여유가 있었다. 편익 시설 건물만 실내등이 켜져 있을 뿐 새벽의 고요 그대로다. 6시를 넘기자 설설 모여들기 시작한다. 한 시간 넘어 기다려서 7시경에 자전거를 버스에 싣고 출발한다. 어이가 없지만 참을 수밖에 없다.

서울 외곽 고속국도를 거쳐서 자유로를 타고 임진각에 도착한 것이 8시 반경이고, 식전 행사를 노래와 주의사항 등을 섞어가면서 고성능 마이크로 한참을 법석하더니, 반라의 이쁜 아가씨 몇 명이 무대에 올라왔어! 몸과 팔다리, 허리, 등 요상한 동작으로 스트레칭을 하고는 으레 그 지역 국회의원인가 뭔가가 허리 굽혀 인사를 하고는 출발을 한다.

임진각을 나서자 곧바로 북으로 향하여 임진강 다리로 접어든다. 삼엄한 경계를 펴고 있는 다리 입구를 지나서 임진강 다리 위로 달린다. 수년 전에만 하여도 민간인들이 이 다리를 넘는다는 것은 감히 꿈도 꾸지 못하였다. 그것도 자전거를 타고 일시에 삼천여 명이 북으로 달린다는 것은 도저히 상상도 할 수 없었다. 통일촌을 지나 도라산역 부근에서 U턴을 하

42

임진각 행사장

여 되돌아오는데 자꾸만 뒤돌아 보인다. 북쪽으로 조금만 더 가면 생지옥이나 다를 바 없는 김정일 치하의 이북이다. 이 평화의 자전거 대행진이 휴전선 넘어 북한으로 달려가지 못함이 못내 안타깝고 답답했어 이다. 그래도 우리들의 이 자유와 평화의 기운이 알게 모르게 북으로 북으로 스며들겠지 하고 마음을 굳힌다.

가을의 정취가 온 누리에 가득하다. 티끌 하나 없는 청정한 자유로의 가을 바람결에 하늘거리는 코스모스 손짓 따라 앞서거니 뒤서거니 장관을 이루는 자전거 행렬이 끝없이 이어지고 그 속에 나도 함께라는 것이 너무나도 감격스럽다. 젊음이 있고 낭만이 있고 혈기가 넘친다. 페달을 밟을 때마다 쭉쭉 뻗어나가는 맛이란 이루 형용키 어렵다. 넘치는 스테미너의 우람한 체격들과 나란히 달릴 때면 더더욱 내건하고 뻐듯해진다. 특히나 젊은 여자들과 무의식적인 경쟁상태로 달리면 그들의 티 없는 미소가 한 줄기 감미로운 에너지가 되어서 저절로 힘이 솟는다.

자유로에서

누군가 자전거를 왜 타느냐고 물으면 이 맛에 탄다고 대답하리라.

https://blog.naver.com/hoilsanta/221506821841

2. 덕적도 자전거 타기('08. 3. 24 연무)

작년 그러니까 봄인가 보다 우연히 무슨 말끝에 덕적도 이야기가 나오는데, 내가 느닷없이 덕적도 일주 자전거 주행 한번 합시다. 라고 하였던 말이 맘속에 자리하여 언젠가는 한번 자전거를 타고 덕적도를 돌아보는 것이 내가 이루어야 할 목표 중의 하나가 되었다. 어느덧 달이 바뀌고 계절이 변하여 더 없는 가을날을 맞이하여 막 실행으로 옮기려 할 때 불의의 사고를 당하여 해를 넘기고 말았다.

이제 거의 일여 년 만에 다시 돌아온 춘삼월에, 꿈에도 그리던 덕적도 자전거 트래킹을 하려고 집을 나서는 몸도 가볍고 마음도 즐겁다. 월요일 아침 출근 시간을 예상 못 한 탓으로 막히는 길에 안절부절못하면서 규정 속도를 위반하여 겨우 대부도 선착장에 도착하였다.

세월이 흐르니 세상도 달라지게 마련이다. 여객선 부두에는 배가 출항하기 전에 애수에 젖는 유행가가 울려 퍼지고 한껏 석별의 분위기를 자아내는데 이제 그런 것도 사라지고 없다. 황량한 바다에 살살한 이른 봄바람이 가슴속을 파고든다. 즐겁게 잘 다녀오시라는 말은 멀어져 가고 배의 갑판으로 자전거가 서서히 굴으기 시작한다. 설렌다. 자전거를 고정하여 두고 2층 객실에 들어서니 연전에 소이작도며 승봉도를 다녀오던 기억으로 감회가 새롭다.

연무가 희뿌옇게 덮인 서해가 뱃머리 멀리 바라보이고 선원들이 출항 준비에 바쁘다. 출항을 알리는 뱃고동 소리도 없이 시간 맞추어 배는 선착장을 떠난다. 아주 멋도 없고 낭만도 사라진 출항이다. 하기야 그들에게는 일상적인 일이니까 예사로운 일이겠지만 모처럼 여행을 떠나는 사람은 그 분위기에 젖어보고 싶어시이다. 우리나라 서쪽 바다를 황해라 배워왔는데 요즘에는 서해라 하는 이가 많다 황해가 맞는지 서해가 옳은

지 시비를 가리자는 것이 아니라 곰곰이 생각하여 보면 서해라 부르고 싶다. 황해라는 것은 중국대륙의 토사를 싣고 흘러온 양쯔강, 황허강이 바다에 흙탕물을 쏟아부어서 바닷물 빛깔이 누렇다 하여 이름 붙여지고 국제적으로 공인된 명칭일 것으로 추측된다. 그 이름을 짓는데도 중국의 입김이 작용하였으리라고 짐작이 간다. 세계 각국은 네셔널리즘의 기치와 발로로 기를 쓰고 자국과 관련지으려 하는 것이다. 우리나라도 우리의 동쪽 바다를 동해라 불러왔고 아득한 옛날부터 우리와 깊은 인연을 맺어 왔다고 생각하고 있다. 우리나라의 국력이 약해진 틈을 타서 일본은 우리의 동해를 일본해라 이름하여 세계 각국의 지도에 일본해라 등재되도록 한 결과 현재는 대부분 국가들이 일본해라 명기하고 있다고 한다.

동해를 일본이 자기들 이해관계에 맞추어 일본해라 하는 거와 마찬가지로 우리도 황해를 우리 실정에 맞게 서해라 부르는 것이 잘못된 것이 아니라고 주장하고 싶다. 황해와 서해의 뉘앙스는 엄청난 차이와 의미가 있다. 우리의 바다를 우리가 지키는 국민정신이 충일할 때 우리의 동해를 일본해로부터 되찾을 수 있을 것이다. 동해를 되찾기 위한 각계각층의 노력이 있지만 그 힘이 미약하고 정부보다는 오히려 민간부문에서 더 열을 올리고 있지 않나 느껴진다. 물론 정부보다도 민간부문이 국제관계에서 유리할 때도 있겠지만 현재까지 정부는 뒷짐만 지고 있는 것 같은 분위기를 국민 앞에 내보이고 있었다고 생각되기 때문이다. 정부와 민간이 호흡이 맞아야 시너지 효과가 나타나리라 확신한다.

겨울 기운이 아직도 남아 있어서인지 여객이 몇십 명밖에 안 되고 객실이 텅 비어 있다. 긴 항해 시간의 지루함을 못 이겨 눈을 붙이고 잠이 던 척하는 이들과 고스톱판에 열을 올리는 몇몇이 전부다. 나는 아침 겸 점심 겸하여 컵라면을 입에 물고 선창으로 서해를 만끽하였다. 바다 가운데 점점이 떠 있는 크고 작은 섬들을 연결하면 중국까지도 우리의 영해가 되지 않을까 하고 망상에 젖기도 하면서 뒤따르는 갈매기와 더불어 자월도를 지나고 승봉도를 돌아서 이작도를 거치고 드디어 꿈꾸던 대망의 덕적도에 닻을 내렸다.

덕적도 앞바다

서포리 해수욕장

대부도 방아머리로부터 2시간 반 거리에 있는 덕적도를 인터넷에서 찾아보면 큰물섬이라는 말을 한자로 덕적도라 한 것이라 하고, 당나라 장수 소정방이 어떻게 하였다는 말로부터 설명이 많은데 여기서는 생략하기로 한다. 내가 알고 있는 덕적도는 서울의 관문이며 우리나라 제2의 무역항인 인천항의 방패막이로써 국토를 지키고 확장하는 역할을 할 뿐만 아니라 서해의 무진장한 지하자원과 어족자원을 가지고 있으면서 덕적군도의 수장으로 행정, 통신 등 그 역할이 막중하다. 인근에는 한때 원전 폐기물을 처리하려던(방폐장) 굴업도가 가까이 있기도 하다. 더구나 천혜의 서포리 해수욕장을 비롯하여 수도권 최고의 해상관광지로써 도시민들의 관광휴양지로 더할 나위 없이 기여하고 있는 귀중한 섬이다.

내가 바로 이러한 섬에서 신체도 단련할 겸 관광 삼아 자전거 라이딩을 하는 것이 소원이었는데, 오늘 이렇게 자전거를 타고 힘든 고갯길이라도 즐거운 마음으로 올라가는 감회가 여간 자랑스럽고 흐뭇한지 모른다.

일반적으로 바다 가운데 섬들은 오랜 세월 동안 바닷물에 씻기고 닳고, 풍화작용을 거치면서 거친 파도에 살아남은 바위와 고지대만 육지를 형성한 것이기 때문에 지형이 가파르고 바윗돌이 주를 이룬다. 그래서 길을 내기도 힘들고 하여 산비탈을 깎고 다듬어 겨우 만든 길이기 때문에 경사가 급하고 고갯길이 대부분이다. 또한 사람의 손길이 상대적으로 뜸하므로 자연이 잘 보존되어 있기도 하다. 그래서 그런지 토종소나무들이 울창한 수림을 형성하고 길가에 늘어서 있어서 장관을 이룬다. 안면도의 안면송도 좋은 예가 될 수 있을 것이다.

이처럼 가파른 길을 다리가 제대로 풀리지 않은 상태에서 오르내리다 보니 무거운 다리가 더 힘들어 끌고 가기도 하고, 내려갈 때는 신바람 나게 타고 가기도 하면서 서포리 해수욕장까지 거의 한 시간 걸려서 당도하였다. 지나는 길에서 보이는 서해는 연무가 끼어서 전망이 흐리다. 작년 가을에 중국의 황산에서도, 한라산 백록담에서도 안개처럼 희뿌연 구름 속에서 제대로 못 보고 온 것이 생각되었다. 마음먹고 어디 갈 때는 용기

외에도 운이 좋아야 하는가 보다. 일본의 저 펜 알프스에서는 그렇게도 어렵게 볼 수 있다는 뇌조도 보고 백두산에서는 천지를 한눈에 보았건만 역시 운이란 항상 따라다니는 그것은 아니다.

서포리의 백사장은 고운 결을 가진 모래가 길이 약 2km에 상당히 넓은 폭을 가지고 펼쳐져 있었어 여름 한철 아주 훌륭한 해수욕장이라는 것을 알 수 있다. 철이 철인만큼 인적이 끊어진 서포리 관광지는 그저 한적한 시골에 적막감만 감돈다.

시간 관계상 대충 둘러보고 잘 닦아 놓은 포장길을 혼자서 독점하여 달리는 기분은 아니 해 보고는 말할 수 없다. 마침 눈 속에서 핀다는 복수초가 가는 손님을 전송이라도 하느냥 노란 꽃봉오리로 아쉬움을 전한다. 이런 맛에 자전거를 타는 것이라고 자위하면서 되돌아 왔어는 들어갈 때 그 배 그대로 타고 같은 코스를 역행하여 왔다.

https://blog.naver.com/hoilsanta/221458204336

3. 서울 시내 한복판에서 자전거 타기('11. 9. 18 흐림)

조선일보와 서울시에서 자전거 생활화를 위하여 매년 주관하여 개최하는 자전거 대행진에 참여 초청을 받아서 난생 처음으로 서울이라 한양에 자전거 타러 갔다. 연전에 수원에서 성남의 탄천을 따라 한강으로 가서, 여의도와 목동을 돌아서 안양천 자전거 길로 수원으로 되돌아온 일이 있지만, 서울 도심을 자전거를 타기는 처음이다.

서울을 비롯하여 수도권 일원에서 모여든 자전거 꾼이 자그마치 5,000명 정도다. 수원의 화서역에서 일행을 만나서 자전거를 전철에 싣고는 약 한 시간 남짓 걸려 7시 반경에 광화문에 도착하였다. 70대 노인들의 자전거 차림을 보고 전철 승객들이 호기심 어린 눈빛으로 의아해하는 모습이 기분 좋게 한다.

약 5,000명이 광화문 광장에 모였다

광화문 광장 세종대왕 동상 앞 넓은 광장이 비좁을 정도로 자전거와 사람이 인산인해를 이룬 가운데 치어걸들의 몸풀기 운동에 따라서 팔다리를 굽혀도 보고 허리도 뒤틀어 보고 스트레칭을 하고는 서울시와 조선일보 관계자들의 의례적인 인사말이 끝났다. 8시 정각에 출발신호에 따라서 거대한 인륜(人輪)의 물결이 서서히 나라의 심장을 관통하여 마포 방향으로 달리기 시작한다. 아무나 쉽게 할 수 있는 것이 아니다. 차 없는 세종로 한복판을 자전거로 맘 놓고 달리는, 꿈에나 있을 법한 일이 현실로 이루어지고 있다.

광화문 광장

당인리 화력발전소를 오른쪽에 끼고 왼편으로 시원한 한강의 경치를 만끽하면서 달린다. 강바람이 가슴속을 파고들고 여의도 국회의사당이 강 건너 가물거린다. 남녀노소 막론하고 한결같이 페달을 밟는다. 상암월드컵경기장을 향하여 뻗어나가는 엄청난 힘줄기가 대한민국의 오늘날 파워로 느껴진다. 이 속에 나도 있고 너도 있고 우리가 있는 것이다. 그리고 보람이 있고 희망찬 내일이 있는 것이다.

드디어 목적지가 보인다. 난지도다. 일찍이 60년대부터 산업화를 거치면서 비대해진 수도 서울의 쓰레기를 쌓아 올려서 어마어마한 산을 만들어 놓았다. 그 쓰레기 산을 반면교사로 삼아 환경개선의 기치를 내걸고 2002년도 월드컵경기장을 세워서 세계만방에 거양 하였다. 오늘 우리가 지구 온난화 가스가 발생하지 않는 자전거를 타고 운동을 하면서 쓰레기 더미 위에 세워놓은 월드컵경기장까지 온 이유가 바로 여기 있는 것이다.

서울시내 한복판을 달린다

주최 측에서 끝까지 달려온 꾼들에게 음료수와 약간의 먹을거리를 나누어 준다. 피로도 풀 겸 간단한 막후 행사를 진행하면서 추첨을 통하여 운 좋은 사람에게는 행운상도 준다.

성산대교를 자전거 타고 건너와서 안양천 따라오다가 금천구청역에서 전철 타고 집에 왔다. 새벽 여섯 시부터 열한 시 반까지 거의 6시간 걸렸다. 즐겁고 보람 있는 하루였다. 행사를 주관하고 애쓰신 여러분께 감사드립니다.

52

젊음이 달리고 청춘이 달린다

안양천 자전거 도로에서 무게도 잡아 보았습니다

https://blog.naver.com/hoilsanta/221452049540

4. 시화호 가로질러 자전거 타기('12. 11. 5 맑음)

  지난 9월 말에 대부도 방아머리 부근의 간척지 갈대밭에, 최근에 개장된 공원이 있는데 KBS에서 드라마도 촬영한 굉장히 멋있는 공원이 있다 하여, 가슴에 묻어 두지 못하고 내킨 김에 카메라를 좋아하는 지인들과 둘러보러 간일이 있었다. 갈대밭에 길을 내고 군데군데 조형물을 설치하기도 하고, 전망대도 세우고 꽃도 심고 하여 아주 앞이 탁 트이는 미래지향적인 공원으로 느껴졌었다. 그러면서 저 호수 가운데 끝없이 뻗어 있는 저 길은 어디로 가는 길일까? 돌아올 때는 까마득하게 물길을 갈라서 만든 그 길이 너무나 좋았다.

  그로부터 추석에 다 모인 일가친척들에게 시화호도 자랑하고 그 길을 한번 보여 주고 싶어서 다시 한번 갔다. 말은 안 해도 모두가 좋아하는 눈치였다. 그때 아! 이 길을 내가 자전거를 한번 타보아야지 하는 맘을 품게 된 것이다.

  10월 어느 날 코스모스 하늘거리는 시골길을 따라 맘 맞는 친구들과 홑때기 바지 입고, 귀신이 놀랄 것 같은 마스크에 게 등짝 같은 안전모를 쓰고는 가을바람을 갈랐다. 청명한 가을 하늘은 코발트색으로 물들고 그 높이는 현기증을 일으킨다. 뭉게구름 하나 걸려 있으면 더욱 이런만 자연은 인간의 마음을 몰라준다.

  바다를 방조제로 막다 보니 옛날의 섬들이 육지 가운데 산으로 변신한 것 중 하나가 어섬이다. 이 섬에는 경비행기 조종하는 조종술을 배우는 연습장도 있다. 일행 중에 관심 많은 분이 이것저것 설명을 해준다. 몇 번 타보았단다. 나도 한번 타보고 싶지만, 이제는 여건이 물 건너간 것일까 용기가 부족한 것인가, 꿈을 접어야 하는 것이 안타깝다. 아쉬움을 뒤로 한 체 돌아서 왔다. 물이 잦아든 잔잔한 늪지대가 한없이 펼쳐져 있고 물새들이 하늘 높이 날아오른다. 날지도 못하는 것들아, 안되면 비행기라도

54

시화호 가운데에서

타야지 하고 약을 올리는 것 같다. 하지만 두고 보아라 이번 겨울에는 너희들을 카메라에 멋지게 담았어 두고두고 벽에 걸어 두어야겠다.

https://blog.naver.com/hoilsanta/221506824414

5. 새만금 방조제 자전거 대행진('10, 6, 13 비후 흐림)

전북 군산의 새만금 방조제 개통을 기념하려고 조선일보에서 전국의 자전거 꾼을 모집하여 자전거대행진이라는 축하행사를 마련한다는 보도를 보고 한달음에 신청을 하였다. 길게도 기다림 끝에 드디어 그날이 왔다. 나이가 들었으나 젊은이와 조금도 다름이 없이 설레 임은 마찬가지다. 일기예보에 현지의 날씨는 오전 중으로 개인다 하여 친구와 함께 그냥 갔다. 하지만 새벽6시에 출발한 수원과 도중의 날씨는 작년도 인가 ? 경춘 고속국도 개통시와 마찬 가지로 폭우와 가랑비가 번갈아 내리면서 안개와 휘날리는 빗방울에 시야가 흐리다.

초등학교 시절에 소풍만 갈려면 비가 내리던 기억이 새롭다. 그때 떠도는 말이 교장선생님 띠가 용띠라서 날만 받으면 비가 온다는 우스개가 있었다. 조선일보에서 자전거 주행에 관한 행사가 있으면 가만히 있던 하늘에서 갑자기 구름이 모여들고 비가 내리는 것은 혹시 조선일보 사장님의 띠가 용띠가 아닌지 모르겠다. 하면서 웃어 본다. 자전거를 트럭에 모아서 실고 가는 사람, 승용차 지붕에 올려 세워서 가는 사람, 봉고차 뒤에 걸어서 가는 사람, 사람마다 재주껏 형형 색색이다. 차만 보면 아! 우리와 같이 새만금에 가는구나 하고 바로 알 수 있었다. 우리는 차안에 얌전이 태워서 갔다. 제발 말썽 부리지 말고 오늘 하루 별일없기를 빌면서.

행사장인 새만금 방조제 시발지 비응도에는 모여들기 시작한 자전거 쟁이들의 울긋불긋함이 가득찬다. 오늘 참여 인원이 약 5천 2백여명 된다고 주최측에서 알린다. 행정안전부와 조선일보, 전북도, 군산시 주최로 열리는 웅장한 행사다. 애드벌룬 대신에 비행선이 상공에서 왔다갔다 하면서 분위기를 돋군다. 이제 애드벌룬은 한물간 모양이다. 고성능 마이크에서 귀청이 울리는, 찢어질 것 같은 노래소리와 현란한 젊은 이들의 춤이 끝나고, 예의 공무원 사회의 고질병인 누구누구 무슨 장, 무슨 의원이 나왔다는 장황한 인사가 끝나고 안전에 대한 주의 사항을 목청 높혀 환기시키

세반금 방조제 계획도 '03.6.24

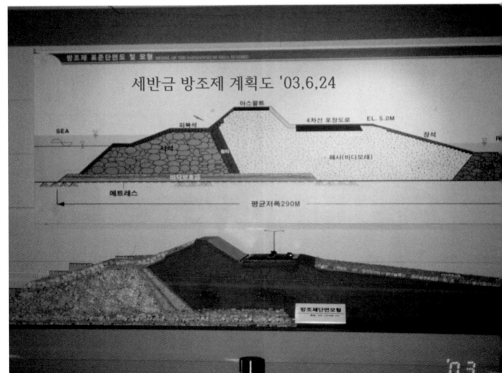

새만금 방조제 공사 견학팀 서호노인복지관 '07. 5. 10

새남금방조제 공사장 견학 '07. 5. 10

고는 A, B, C, D .....로 나누어진 그룹별로 출발을 시킨다. 나는 B그룹인 2
번째로 당당히 출발했다.

줄을 서서 시속 20km정도로 안전하게 달린다. 넓고 넓은 방조제가 끝없
이 가물거리고 가끔가다가 갈매기가 스쳐간다. 세만금 방조제는 세계에
서 가장 긴 33km(네델란드의 자위더 방조제 32.5km 보다 500m더 김),
면적 40.100ha(3025평*40,100ha=121,302,500평) 배수갑문 2개소로,
1991년 11월 16일 ~ 2010년 4월 27일까지 거의 20년에 가까운 공사기
간을 거쳐 완성된 것이다.

새만금 자전거 대행진 '10, 6, 13

이 위를달리고또 달리고 신나게 달린다. 바닷바람을 쐬면서. 얼마나 감
동적이고 통쾌한 일인지 모른다. 산의 정상을 밟는 장쾌함과는 또다른 멋
과 맛이 있는 것이다. 부디 정부의 장기 개발계획이 차질없이 진행되어
세계에 웅비할 그날을 고대해 보면서 50km 반환점을 돌아서 출발지로
돌아 왔다.

새만금방조제 '11, 10, 28

새만금방조제 '11, 10, 28

상 하 새만금방조제 '16, 6, 25

6. 서울에서 춘천 간 고속국도 개통 전 자전거 축전('09. 7. 12)

서울에서 춘천까지 민자로 건설한 고속국도를 오는 7월 15일에 개통하기에 앞서서 조선일보가 주관하는 자전거 축전에 참여하려고 폭우가 쏟아지는 빗길을 헤치고 미사리 경정장에 아침 7시경에 도착하였다.

매일 쳇바퀴 돌 듯하는 일상생활을 벗어나서 전연 새로운 일에 도전해본다는 것이 얼마나 멋지고 감동적인지 안 해보고는 모른다. 조선일보에서 녹색성장의 일환으로 자전거 타기 캠페인을 전개하는 가운데 하나로써, 전 국민이 참여할 수 있는 고속국도를 자전거로 달리기 축전을 한다는 기사를 보고 바로 신청하였다.

서울~춘천고속국도 개통전 모습

손꼽아 기다리던 날은 다가오는데 장마전선이 오르락내리락하면서 지역에 따라 집중적으로 폭우를 퍼부어대는 날씨가 연속되는 관계로 당일 날씨가 어떨지 노심초사 중이었다. 아니나 다를까 뉴스 시간마다 일기에 보는 내일도 경기 강원지역에 강풍을 동반한 폭우가 쏟아진다고 한다. 가느냐 마느냐 걱정으로 밤잠을 설치고 새벽 5시에 일어났다. 온 천지가 비바람에 앞을 가릴 수 없을 만큼 내리퍼붓는다. 빗방울이 강한 바람결에 날리면서 안개같이 시야를 더욱 흐리게 한다. 갈까 말까? 한창 망설이고 있는데 함께 가기로 한 김병규 씨가 비바람을 뚫고 약속 시간에 나타났다. 갑자기 용기가 솟아나서 둘이 함께 서울 외곽 순환 고속국도를 탔다. 노면에는 물이 넘쳐흐르고, 시계는 희뿌옇고, 차창은 김이 서려 앞길이 잘 안 보인다. 최악의 악조건 속에서 안전속도를 유지하면서 목적지에 도착하였다. 일생일대의 최고로 고조된 긴장된 시간이 지나자 퍼붓는 비바람을 오히려 즐겨 보자는 심리적 변화가 생기면서 가뿐한 마음으로 출발선인 미사대교 위에 자전거를 타고 섰다.

폭우가 쏟아지는 고속국도

주최 측에서 이런 날씨에 공식적인 행사를 할 수 없다면서. 애초에 계획된 공식적인 행사는 하지를 않는다고 한다. 그러나 풀 코스(54km)와 하프코스(28.4km) 공히 안전을 위해서 28.4km로 하였다고 하면서 오는 대로 대충 모아서 출발시켰다. 날씨만 좋았으면 많은 인원이 함께하는 행사가 되었으련만. 훤히 트인 경춘고속도로 위를 힘차게 페달을 밟았다.

경쟁하는 깃도 아니고 자유롭게 갔다 오는 것이므로 편안한 마음으로 앞서거니 뒤서거니 하면서 빗속을 헤치고 갔다. 경춘고속국도 위를 자전거로 간다는 것만도 감격적인데 폭우와 강풍을 맞받으면서 열을 짓고 무리를 지어서 달리는 기분은 말할 수 없는 감흥을 준다. 여자들도 많고 나이 드신 분도 많다. 어떤 사람은 접이식 조그마한 자전거도 가지고 나왔다. 어느 분은 농부들이 물고를 보러 갈 때 타던 것 같은 것도 타고 간다. 고급스럽고 멋진 자전거만 나오는 줄 알았던 내가 괜히 쑥스러워진다. 우리 생활 주위에서 보던 자전거는 다 있다. 아무나 나왔고 자전거면 모두 나왔다. 이것이 진정 주최 측에서 바랐던 바가 아닐까 생각해 본다. 물론 전문 자전거 꾼이 첨단 사이클을 가지고 뽐내는 것도 좋다. 하지만 나는 어쩐지 허무리란 것과 우의를 꼭꼭 동여맨 아저씨와 아주머니가 더 좋아 보였다. 놀이터에서 빌려 왔는지 두 사람이 앞뒤로 타는 것도 있다. 부부 간에 열심히 비탈을 저어 올라가는 모습은 한 편의 드라마다.

반환점에서

출발지에서부터 경사로를 힘겹게 저어 올라간다. 덕소삼패IC를 지나자 약간의 내리막길에서 한숨을 돌리려 하면 다시 고갯길을 한참 동안 저어

64

야 한다. 4km에 설치된 남양주톨게이트에서 잠깐 휴식을 취하면서 사진을 찰칵하고는 계속 올라간다. 힘들어할 때쯤 월문1터널 안에서 내려 비도 피하고 잠시 쉬었다. 다시 올라간다. 경사가 급하다. 우리는 끙끙하면서 올라가는데 벌써 반환점을 돌아서 내리막길을 신나게 돌아가는 꾼들이 나타난다. 어쩌면 부럽기도 하다. 한참을 올라가니 월문 2, 3터널이 있고 좀 더 가니까 고갯마루에 자산나들목이다. 여기까지 10km다. 지금까지 힘들게 왔지만, 지금부터는 내리막길이다.

빗길에 조심하면서 갔다. 페달을 밟지 않아도 저절로 간다. 고생 끝에 낙이던가. 얼마 되지 않아서 반환점이 나오고 화장실도 있다. 안도감이 든다. 이제 돌아가는 길은 거의가 내려가는 길이기 때문이고, 반이라는 것이 끝이 가까워진다는 심리적 작용을 하는 까닭이리라 생각된다. 주최 측에서 주는 생수를 받아들고 가지고 간 빵을 먹으면서 쉬었다가 기념사진을 찍고는 돌아왔다.

갈 때는 힘들었던 오르막길이 내리막으로 변하여 젓지 않아도 그냥 내려간다. 시속 35에서 40km 정도다. 이 길을 내느라 얼마나 많은 사람이 땀을 흘리고 머리를 굴렸을까 생각해 본다. 명실상부한 국가 대동맥으로써 그동안 다른 지역에 비하여 상대적으로 낙후하였던 강원지역의 발전에 기여하는 바가 굉장하리라 여겨진다. 그뿐만 아니라 앞으로 개통될 속초까지 완전히 이어지는 날에는 만성적인 휴가나 피서철의 교통난이 엄청나게 해소될 것이다. 관광을 위시한 발전하는 모습이 선하게 보인다. 서너 시간에 걸친 자전거 페달 밟기는 끝나고 미사리 경정장에 두었던 차를 타고 돌아왔다.

공사 관련 수고하신 분들과 이번 행사를 주관하신 조선일보와 연관 기관에 무한한 감사를 드립니다.

https://blog.naver.com/hoilsanta/221484587392

7. 서울 남부 순환 자전거 타기(수원-탄천-한강-안양천-수원) ('08. 9. 21 맑음)

9월 21일 맑은 기분으로 아침에 눈을 뜨니 가을의 청명한 날씨가 유혹한다. 어제 코스모스 찾아 분당의 탄천에 갔다가, 가을비 폭우를 맡고 사선을 몇 번 넘나들면서 돌아왔다. 오기도 나고 날씨도 좋고 하여, 오늘은 아예 서울을 돌아와야겠다고 도전장을 던지고 오전 9시 정각에 집에서 출발하여 국도 43호를 따라 페달을 밟으니, 한 시간 가령 걸려서 수지의 열병합 발전소 옆 자전거길 시발점에 닿았다. 화장실에 들르고 물 한 모금 마시고 만반의 준비를 하여 탄천 바닥에 깔아놓은 자전거길을 신바람이 나게 달렸다.

수지의 열발전소 옆 탄천

몇 번 흘러가는 말을 듣기는 하였으나 실제로 체감하는 분당과 성남의 탄천 자전거길은 환상적이다. 맑은 물과 어우러진 잔디밭 하며 각종 이름 모를 꽃들을 정성 들여 가꾸고, 잡초까지 깨끗이 단장한 여기저기에 시민이 편리하고 편하게 운동과 산책을 즐길 수 있도록 여러 가지 편의 시설을 시민의 입장에서 알뜰히 마련하여 둔 성남시의 행정이 타시의 모범이 되고도 남는다.

자전거길에 곱게차려 입은 여인

가을의 전령사, 환상적인 코스모스가 더 넓은 강변에 장관을 이룬다. 가족 나들이, 연인들의 아베크, 유치원생들의 자연학습, 각종 모임과 행사, 노인들의 여가 보내기, 벌과 나비들도 분위기를 돋우어 주려 오는 눈부신 꽃밭이 시야 가득히 펼쳐져 있다. 지나가는 팔짱을 낀 연인에게 사진 한 장 부탁하여 찰 각하고, 고맙다는 인사말에 코스모스보다 더 환한 미소로 답례를 받았다. 그대들 부디 즐거운 날 되시고 좋은 앞날 맞이하소서. 오곡이 무르익는 풍성한 가을에 코스모스와 더불어 축복 하나이다.

짐사람이나 마음 맞는 친구와 이 길을 함께 달리지 못함이 못내 아쉽다. 사람마다 환경과 사는 방식일랑 신체적인 조건이 다르다 보니 아무리 좋은 경우라도 시간을 같이하기란 굉장히 어렵다는 것을 새삼스레 느껴 본다. 그만큼 인간 만사가 어렵다는 것일 게다. 그러나 오늘 하루 이 시간만은 나의 자유로운 시간으로 맘껏 즐기고 누리는 시간으로 장식하고 싶다.

  시속 약 20km로 달리면서 마음에 드는 경치는 있는 대로 셔터를 눌렀다. 성남시계에 이르러자 수 킬로미터에 일렬로 늘어선 코스모스가 또 한번 사람맘 사로잡는다. 오른쪽은 끝없는 꽃밭이요 왼쪽은 사람 홀리는 곱게 차려입은 사람 꽃이 붉은 치마를 가을바람에 휘날리면서 임? 을 찾아 바쁘게도 걸어가는 환상적인 광경이 가슴 찡하게 다가온다. 이런 모습 보려고 내가 오늘 여기 온 것 아닌가? 정말 감격스럽다. 요즘 말하는 라이브는 못 보더라도 사진으로 보여 드립니다. 잘 보소 내 말 어떤 능교.

한강변길 모자간?

  성남시를 지나서 잠실에 접어들자 수도 서울의 왁자지껄한 대도시의 번잡스러움이 순간에 전경을 바꾸어 놓는다. 멀리는 종합운동장이 물 건너서 보이고 강변을 따라 늘어선 주차장 사이로 매캐한 냄새가 앙동을 한다. 고통스럽고 짜증이 난다. 과연 서울은 다르다고 하는 사이에 한강을 맞이한다. 집에서 출발할 때 맘속으로 나의 오늘 여정을 거리상으로는 많은 차이가 나겠지만 크게 3개 구간으로 나누었는데, 첫 구간이 수원(집)

에서 탄천을 거쳐 한강까지, 둘째 구간이 한강 변을 따라 목동까지, 마지막 구간으로 목동의 안양천에서 수원(집)까지로 잡았다. 말하자면 삼각형 구조다. 그 삼각의 첫 꼭짓점에 지금 막 도착한 것이다. 집에서 나온 지 4시간 후인 오후 1시경이다.

한강 강변길

자전거길이 이어져 있는 한고비를 넘겼다는 안도감에서 쉬어 가기로 하고 앉아 있는 자전거 꾼들 옆에 자리를 잡았다. 50대 정도 되어 보이는 기분 좋은 인상을 느낀 분에게 가장 궁금하였던 여의도에서 목동까지를 물었다. 그림을 그려가면서까지 이어진 길을 경상도 말씨로 친절히 가르쳐준다. 그래서 내가 이웃집 사람 같네요 하니까, 자전거 타는 사람은 모두 그렇다고 한다. 아니 그보다도 말씨까지 그렇다고 말하고 싶어서나 다음 말을 못 하고 헤어졌다.

역시 같은 말씨를 쓴다는 것은 친근감을 더해준다. 민족이란 것이 핏줄만 같은 것이 아니다. 같은 말을 쓰고 같은 문자를 쓴다는 것에 더 의미가 있는 것이다. 마찬가지로 같은 말씨에 이웃집 사람 같은 감정이 드는 것은 지역감정을 떠난 순수한 인간의 정리가 아니 겠는 가 다.

  5, 16 군사혁명 이후 5천 년 동안 지게 지고 핫바지 입던 민족을, 30여 년 만에 자가용 타고. 해외여행 다니는 세계 십 위권의 무역 대국으로 성장한 우리의 국력을 세계는 한강의 기적이라 한다. 일찍이 일본이 2차대전에 패하고 한국전쟁을 기회로 경제 대국으로 도약할 때 이를 두고 고도 성장이라 하고 있다.

  산업혁명 이후 소위 선진국들은 200여 년 걸린 산업화 길을 우리는 불과 30여 년 만에 달성하였다 하여 이름 붙인 것이 압축성장이다. 압축성장이 바로 한강의 기적이다. 그 기적의 징표로 한강을 따라서 뻗어 있는 자전거길을 내가 지금 달리고 있다고 생각하니 감개무량하다.

한강변 코스모스

지난 10여 년간 우리는 뒷걸음질 치는 암담한 세월을 겪어오는 동안 후발 주자인 BRICS 국가들은 하루가 다르게 추월, 추격하고 있다. 이제 새 정부도 경제를 살린다고 하여 팔을 걷고 있으니 국민은 정부를 믿고 한번 더 지난날의 열의와 신바람을 일으켜서 평화롭고 풍족한 나라를 후세에 넘겨주도록 매진하여야 할 것이다.

도도히 흐르는 한강 물을 따라 자전거도 저절로 가는지 별로 힘들이지 않고 여의도에 도착했다. 코엑스가 보이는가 하더니 남산이 보이고, 육삼빌딩을 지나 LG의 쌍둥이 빌딩 밑에 멈추었다. 참았던 생리 조절을 한 후에, 아이스케이크를 입에 물고 의자에 앉아 휴식을 취했다.

개 눈에는 ○만 보인다고 역시 자전거 타는 젊은이에게 말을 걸었다. 여기까지 오는데 나 자신이 너무나 대견스러워 수원집에서부터 지나온 길을 자랑삼아 대충 이야기를 하였다. 이를 반 귀로 듣는 젊은이 왈 매연 나는 차 길만 따라다니네요, 자기는 어제(당일?) 강릉에 갔다 왔다고 한다. 그래서 나도 한술 더 떠 이 자전거로 목포 갔다 왔다 하니까. 며칠 걸렸는데요 하고 묻는다. 약간 뻐기는 말투로 열흘 걸렸다고 하니까, 부산을 하루 만에 간다고 역습을 한다. 그럼 몇 시간이나 걸리나요. 20시간인데 가면서 나누어 주는 음식을 먹으면서 간다나요.

번데기 앞에 주름잡는 꼴이 되고 말았다. 그래도 나이를 감안 해서 한 말을, 전연 신경도 쓰지 않고 내뱉는 말에 무시당하였다는 씁쓰름한 기분이 들어서 오늘 지나온 길의 밝은 색깔이 회색으로 변하는 것 같았다.

여의도에서 목동까지는 먼 거리는 아니다. 교각 사이로 용케도 길을 내고 사람도 함께 걸어 다닌다. 드디어 난지도의 하늘공원이 보이기 시작하고 붉은색의 성산대교가 한눈에 들어온다. 작년 이맘때 안양의 동생과 같이 왔던 장소인 삼각점의 두 번째 꼭짓점에 도착하였다(출발 후 5시간 10분 : 오후 2시 10분).

안양천을 따라 수원 오는 길은 지난해에 한 번 경험한 길이라 새로운 것은 별로 없고 약간 보수를 한 곳이 몇 군데 눈에 뜨인다. 독산동에는 메밀꽃을 심어서 신선한 감을 보태어 준다. 목동에서부터 힘이 빠져서 오는 길이 너무나 힘겹다. 4km마다 쉬어서 간다. 다리에 힘은 있으나 온종일 손바닥만 한 안장에 걸터앉아 있으려니 엉덩이가 아파서 그냥 갈 수가 없기 때문이다. 쉬면서 마사지도 하고 근육을 풀고는 다시 젓는다. 그르기를 수십 차례 겪은 후에 수원 집에 도착하니 오후 6시가 조금 지났다. 힘은 들었지만, 맘속에 품었던 소원을 하나 성취한 기분은 나만의 기쁨이도다.

전 코스 상세 : 하루에 9시간 30분 걸림

수원(집, 09:00)→탄천(수지→분당→성남→가락동→잠실)→한강(청담대교→성수대교→반포대교→한강철교→여의도→목동)→안양천(구로→안양)→학의천(안양→군포→의왕)→철도 박물관→수원(집,18:30)

https://blog.naver.com/hoilsanta/221474927843

8. 슬로시티 증도(지도, 송도, 사옥도) 자전거 타기('11, 8, 18 맑음)

6월의 장마가 아직도 끝나지 않은 채로 금년의 여름은 우천 속에서 마감하려는지 빗줄기가 날마다 예사롭지 않다. 일기예보는 오늘도 지역별로 100mm 이상 오는 곳이 많다고 한다.

서해안고속국도를 따라 전남 무안으로 달려간다. 간간이 폭우가 쏟아지다가도 난데없이 구름 속에서 햇살이 비치기도 하는 희한한 날씨다.

해마다 여름만 되면 소싯적에 구랑리(수영 비행장 앞), 광안리 등에서 해수욕을 즐기던 추억에 몸이 근질거려서 어디든 바다에 뛰어들고 싶은 충동을 느낀다. 그래서인지 우중에도 불구하고 해수욕장을 찾아서, 오래 전부터 연륙교만 생기면 전국 어디든 답사하여오다가 그동안 멈추고 있었는데 이번에 또다시 연륙교로 연결된 섬을 찾아서, 그리고 그 연륙교를 통해서 자전거 여행을 즐길 수 있는 곳을 고른 것이 슬로시티로 너무나 잘 알려진 증도에 가게 된 것이다.

무안에서 서해 가운데로 길게 펼쳐놓은 지도(地圖) 상에 지도(智島)가 있다. 이 지도읍에서 차를 세워두고, 싣고 온 자전거로 서남쪽으로 연결된 섬들을 24호선 국도가 산적을 끼듯이 뻗어 있는 길을 타고 가서는 유명한 신안해저유물전시장을 관람하고, 짱뚱어 해수욕장에서 해수욕을 즐기고, 24호 국도의 시발점에서 다시 지도읍까지 돌아오는 약 50Km가 첫날의 계획이다.

일행으로 모두 3명이다. 엘지정보통신 시절의 OB 들이다. 벼들이 익어가는 시골길을 따라 바닷냄새를 맡으면서 나란히 달린다. 맞바람이 힘을 빼기도 하지만 굽이를 돌고 비탈을 오르내리며 쭉쭉 뻗어나가는 상쾌함은 이루 다 말할 수 없는 희열이다.

우리나라의 섬들은 일반적으로 육지가 장구한 세월 동안 침식을 받아서 흙이나 연약한 지반들은 바다로 씻겨 나가고 겨우 살아남은 암석들로 이루어진 것이 대부분이다. 이러한 섬들은 경사가 급하고 농경지가 산비탈에 손바닥만 하게 다락을 이루는 곳이 많고 해안가의 조그마한 선상지에 인가들이 마을을 형성하고 있다.

그러나 여기는 다르다. 더 넓은 들에는 수로가 끝없이 이어지고, 누렇게 익어가는 벼들이 한없이 풍요롭다. 군데군데 염전들도 한 것 보탠다. 공해라는 말은 무슨 뜻인지도 모르고 개념조차도 없는 자연 그대로다. 들판에 이어서 염전이 있고 그 너머 푸른 바다에 한가로운 어선 몇 척이 졸고 있다. 이것이 바로 슬로시티의 본질이 아니겠는가? 그런데 왜 우리는 오늘도 이렇게 바쁘게도 힘들게도 달리는가? 달리는 기쁨을 만끽한다고요? 제 버릇 개 못 준다고, 눈코 뜰 사이 없이 바삐 돌아가는 우리들의 일상적인 삶을 되돌아본다. 적어도 슬로시티에서만은 슬로로 느리게 하려고 온 것이 아니던가?

지도(智島)에서 그냥 일반적인 시멘트 다리를 건너면 송도다. 바다를 건너는 거대한 다리라기보다는 흔히 있는 시골길의 하천 다리다. 웅덩이

순수 그대로 줄길 수 있는곳

다. 펄밭을 수 미터 정도 건너 있는 육지에 연속된 땅에 바닷물이 들어오면 섬이 되는 섬이다. 염전을 끼고 얼마 가지 않아서 거대한 지도대교가 나오고 다리 건너 사옥도로 들어갔다. 얼마 전까지만 하여도 꿈도 꾸지 못하였던 다리다. 나라의 경제가 성장하면서 그 혜택이 이 섬의 시골에도 돌아가고 있다. 육지로 이어진 섬들이 경제적으로 기반이 갖춰지면서 도민(島民) 소득이 증가하고, 선순환 구조가 형성됨으로써 고도(孤島)가 살기 좋은 낙원으로 바뀌고 있다. 이러한 현장을 직접 눈으로 보면서 가슴 뿌듯함을 느낌이 이번 여행의 부수적인 소득이다.

매일같이 소음과 공해 속에서 다람쥐 쳇바퀴 돌 듯이 되풀이되는 삶의 연속을 떠나서 잠시나마 자신의 근육의 힘으로 아기자기하게 펼쳐진 농경지와 염전, 구릉지대와 곧게 뻗은 수로와 더불어 비에 젖은 아스팔트 길을 달리는 자전거 꾼에게는 짓궂은 맞바람도 애교스러운 자연의 장난기 같이 느껴진다. 방청도료가 붉게 칠해진 거대한 철 구조물을 따라 돌아 올라가면 하늘 높이 웅장한 다리가 바다 건너 까마득히 증도로 이어져 있다. 이른바 증도대교다. 섬 사이로 배가 다닐 수 있도록 수면으로부터 일정한 높이를 유지하기 위하여 하늘에 매달아 두었다. 아치형의 다리의 꼭짓점까지 자전거로 올라가야 한다. 거센 바닷바람에 자전거가 휘청거린다.

해저유물 전시장

드디어 슬로시티 증도다. 수년 전에 신안 앞바다에 송원대(宋元代))의 무역선에서 보물을 찾았다 하여 매스컴을 크게 탄 일이 있었다. 바로 그 보물선에서 건져 올린 도자기들을 복원한 선체와 같이 전시한 박물관은 역사의 현장이다. 유네스코 생물권보존지역과 인근의 짱뚱어 해수욕장 등은 둘도 없는 나라의 보배인 동시에 국민관광지이다. 가없는 바다에 점점이 흩어져 있는 섬들이 장관을 이루고 곱고도 고운 모래 결의 백사장과 게들이 기어 다니는 펄밭이 함께 어울려진 슬로시티 증도에서 하루를 못 채우고 다시 육지로 나왔다.

https://blog.naver.com/hoilsanta/221462782449

제3부 자전거 타고 수원둘레길 둘러보기

수원둘레길은 1색 모수길로부터 8색 화성둘레길까지 8가지로 구분하여 두었다. 이길은 본래 걸어서 둘러보도록 기획된 길이다. 그러나 나는 남들과 좀 다르게 자전거를 타고 둘러본것이다.

특히 둘레길 중에서도 수원시와 이웃하고 있는 지자체들과 경계를 이루고 있는 수원둘레길은 광교산과, 칠보산 능선을 따라서 장장52.8km에 이르는 험한길을 마다 않고 자전거를 타고 이루어 낸것 것이다. 광교산 꼭대기에서 자전거를 탄 나를보고 놀라는 시민들도 많았다.

그리고 화성성곽길 8색은 정조대왕과 선인들의 얼이 있는 곳으로 감히 자전거를 타고는 돌 수없었다. 또한 성곽길은 자전거를 타고 다녔어는 안된다고 평소에 주장해오던 터이라 스스로 자재를 하였다. 그래서 유일하게 도보로 답사를 한것이다.

1. 일색(一色)모수길('14, 1, 23 목)

　생활 수준이 나아지니 그에 따른 행정 관서의 대민 서비스가 질이 달라지고 있다. 여기다 지자체장의 표를 의식한 선심성 표나는 튀는 행정이 더해지면서 전국각지에 무슨 무슨 길 하면서 우후죽순처럼 생겨나고 다듬어지고 있다. 수년 전에 제주도에서 전국 처음으로 한라산의 기생화산인 오름에 올라가는 길을 제주 사투리인 골목길이라는 뜻의 올레길이라 하는 데서부터 시작하여 명성을 얻게 되자, 우리나라는 말할 것도 없고 이웃 나라 오키나와의 어느 지방에서도 제주도에 로열티 까지, 물어 가면서 노하우워를 배워 갔다는 말을 들은 기억이 있다.

수원 광교산

　이에 민관이 합동으로 그 옛날 지방에서 한양으로 나들이하던 길 중의 하나인 삼남 길을 복원하여 서울에서 전라도 땅끝까지 걸어갈 수 있는 길을 만들었다. 경기도에서는 경기도 구간만 경기도삼남길이라 하여 태그

수원 둘레길 팔색

수원 세류동

를 달고 표지를 하여 누구나 쉽게 여가를 선용하고 건강도 챙길 겸 우리의 역사 공부도 할 수 있게 하여 두어서 작년에 이 길을 답사한 바가 있었다.

덩달아 우리 수원시도 서둘러 수원의 옛길을 되살려 수원 둘레길 외 모수길 등 총 8개의 팔색(八色) 길을 만들었다. 그래서 나는 수원시민으로서 수원의 둘레길을 2014년 중에 둘러보기로 마음을 먹었다. 그것도 남들과 뭔가 다르게 자전거로 답사하기로 하였다.

그중에서 오늘 답사는 첫 번째 길인 모수길(一色)을 한겨울의 오후에 얼어 죽지 않으려고 내복을 있는 데로 껴입고 그 위에다 자전거 유니폼을 덮어 입고 팔다리가 부자유스러우리만치 어색한 모습으로 첫 페달을 밟았다. 모수길은 북쪽에서는 수원천과 서호천 발원지를 광교산 능선으로 연결하고 남쪽에서는 비행장 사거리 부근에서 두 하천을 묶은 형태가 되어 수원의 중심부를 감싸고 도는 형태를 이루고 있다. 본래 모수라는 말은 수원의 옛 지명이라고 들은 바 있다. 고어(古語)로 모수가 물과 관계가 있는 말이라 하니 곧 수원(水原)은 고래로부터 물과 인연이 있는 곳임을 알 수 있다. 오늘날 수원의 공무원들이 자랑삼아서 하는 말이 전국에서 각종 수재로부터 안전한 지역은 오로지 수원뿐이라 한다. 그것은 수원시 공무원들이 수방 대책을 잘하였기 때문임을 웅변하고 있다. 지구 온난화 영향으로 강수량이 늘어 난데 원인이 있는 것으로 판단되는 수년 전에 강릉의 일일 강수량이 800mm 정도로 저수지의 제방이 무너져 일대의 주민들이 큰 피해를 본 것을 타산지석으로 삼아야 할 것이다. 기존 일일 강수량 300mm 정도를 기준으로 한 수방 대책은 과감히 바꿔야 할 때다.

살살한 맞바람을 맞으면서 서호천을 거슬러 모수길 표지를 따라 SK아파트 부근에서 제방으로 올라왔다. SK아파트내 새로 난 길을 건너 1번 국도를 지나서 중부지방국세청 구내로 들어갔다. 수원과 함께 이 땅에 삶의 터전을 일구워온 선조들의 애환이 서려 있는 서호천의 수변 풍경에서 갑자기 현대식 건물과 조경으로 다듬어진 현대문명의 중심에 서니 만감

수원천 화홍문이 보인다

이 교차한다. 행정연수원도 있다. 자전거와 한참 거리가 있는 산길을 타기도 하고 끌기도 하면서 등산길을 올라 가다 보면 영동고속국도를 건너는 구름다리와 마주하게 된다. 수원에 이러한 길이 있을 줄이야! 대부분의 시민은 모르고 있을 것이다. 어느 道 어느 山을 갔다 왔다고 자랑하기 전에 내 고장은 나부터 알아야 하지 않을까? 여기서 애향심도 생기고 지역발전이 있을 것이다.

아슬아슬한 하늘에 걸린 구름다리에서 자전거를 타는 스릴과 기쁨을 만끽하고 약수터에서 감로수 같은 물 한 잔 마시고 쉬었다. 하산하던 등산객이 힐끗힐끗 쳐다보고 간다. 미쳤나 노망들었나 아니면…? 겠지!

광교헬기장과 한철약수터로 가는 삼거리에서 기념사진을 짤각하고능선을 타고 눈이 얼은 비탈길을 미끄러지면서 내려왔다. 스스로 생각해보아도 도가 넘치는 객기에 가깝다. 바로 이러한 것이 내가 추구하는 바다. 하지만 이제는 좀 조심 해야지! 하면서.

광교저수지의 서쪽 산비탈 길은 음지라 눈이 녹지를 않고 얼어붙어 있다. 오르락내리락 계단으로 이루어져 있다. 며칠 전에 모당 행사 관계로 이 길을 지인들 몇몇과 어렵게 어렵게 걸은 일이 있다. 이렇게 험난한 산길을 함께 한 분들과 너무나 힘들게 걸은 지 며칠 지나지 않아서 또다시 이번에는 나 홀로 자전거를 끌고 갔으니 그 고통과 고난은 필설로 형용키 어렵다.

이리하여 첫날(1월 23일)은 광교공원에서 수원천의 화홍문으로 내려와서 집으로 왔다. 다음날 다시 여기서 시작하여 남수문을 경유하여 비행장 사거리 부근까지 수원천을 탔다. 바로 이 수원천이야말로 이백 십수 년 전 정조대왕의 숨결이 서려 있는 냇가다. 오늘날 수원시가 심혈을 기울여 복원한 덕분으로 되살아난 것이다.

비행장 사거리 부근의 수원천과 만나는 큰길에서 수원역 방향으로 모수길이 이어져 있다. 수원둘레길과 합류하여 서쪽으로 가다가 서호천을 만나면 수원둘레길과 작별을 고하고 다시 서호천으로 모수길을 안내하고 있다. 너무나도 반가운 서호천의 모수길을 달린다. 잠사박물관이 보이고 구 서울농대의 캠퍼스가 저만치서 손짓한다. 이어서 서호가 나타나고 서호의 기러기떼 우는소리에 감격이 북받친다. 2014년도 첫 과제를 드디어 해 냈구나 하는 성취감에서일까?

총 22.8km 자전거로 4시간 40분 걸렸습니다.

https://blog.naver.com/hoilsanta/221507432981

2. 이색(二色) 지게길('14, 1, 26 일)

지게길은 어떻게 이름이 붙혀 졌는지 잘 모른다. 그 옛날 광교에 사는 사람들이 장을 볼때 가장 가깝고 편리한 장이 파장동 시장이 었을 것으로 추측된다. 이들이 시장에 오고 갈때는 지게에 장거리를 지고 다녔다 하여 이제 왔어 지게길이라 명명을 하였던지, 아니면 옛날에는 땔나무를 하기 위하여 광교산에 지게를 지고 나무하러 다니던 길임과 동시에 광교산을 사이에 두고 광교와 파장에 살던 사람들이 교류할 수 있는 유일한 지름길인 고개를 넘어 다니던 길이었슴을 부각하기 위하여 지게길로 지은 것으로 추측해 본다.

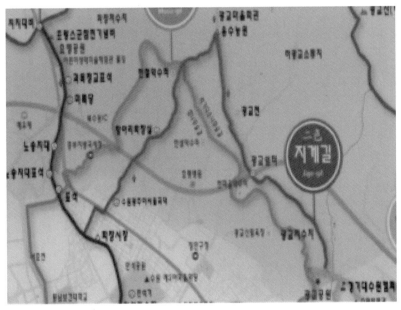

2색 지게길

지게길 시작점을 지노에서 찾아 보면 옛닐 국도1호선의 파장시장 입구에서 조금 북쪽으로 표기가 되어있다. 과거부터 잘알던 길이고 하여 근방에 가면 시작점을 쉽게 찾을 수 있을 것으로 생각하고 왔어나, 아무리 사방을 둘러 보아도 지게길이란 표지는 없고, 효행길만 전주에 걸려 있다. 몇 번이나 오르락 내리락 왔다 갔다 하며 찾아 보았으나 허사였다. 시작점을 찾는 것을 포기하고 파장시장안으로 들어 갔다. 어디에도 표지가 없다가 산업도로 방향으로 시장을 벗어나자마자 자측 구멍가게 위의 전주에 지게길이란 표가 붙어 있다. 한숨이 나오면서 반갑기도 하다. 가게 주인에게 물었다. 지게길이 어디서부터 시작인지를? 주인 왈 저기 시장있는데 부터라 한다. 내참!

지게길 시작점 파장동시장

모수길을 갈때는 자전거 유니폼을 차려 입고 갔으나 이번에는 케쥬얼 그대로 자전거를 탔다 한결 자유롭고 따스하다. 멋부리는 것도 좋지만 거저 수수럽 한 것이 내몸에 어울리는 것 같다. 경기도보건환경연구원을 지나 항아리 화장실 앞에서 기념사진을 찍고 쉬었다. 자전거 기어비를 최대로 높혀서 타고 가는데도 힘이 부친다. 끌고 가기도 그렇고, 오기도 있고 하여 안간힘으로 타고 갔다. 한철약수터 못미쳐서 끌고 갔다. 이게 나의 체력 한계다. 한창때도 아니고 적당히 하는것이 몸에 이롭다고 스스로 위로 하면서 말이다.

한철약수터 뒷산 고갯마루가 광교로 넘어가는 길이다. 여기서 지난번 모수길과 만난다. 조상들은 이 고개길로 파장시장에 나들이 하였을 것이다. 나무 한짐팔고 파장(破場)에 탁주한잔 걸치고, 지게 가지에 마른명태 몇마리 매달고는 갈지자로 집으로 가는 모습이 선하다. 어릴적에 우리동네도 장날만 되면 동네 사람들이 명장고개라는 고개를 넘어 동래시장에 장거리를 내어 팔기도 하고 생필품을 사오기도 하던 모습이 눈앞에 어른거린다. 내가 제일좋아 하던 것은 어머니가 사온 공책(노트)이었다.

광교산 너머가는 고갯길

고개를 넘자마자 가파른 내리막 길이다. 눈이 얼어 붙어서 미끄러워 자전거를 타고는 자신이 없어서 내려서 끌고 갔다. 한참을 가다보니 길도 마르고 광교동네가 시야에 가득 찬다. 며칠전의 모당 행사때 버스를 탓던 정류소에서 아스팔트길로 나왔다. 이제 신나게 달리는 것만 남았다. 시속 40km정도로 광교공원까지 몇분만에 주파를 하였다. 지게길은 여기가 끝이자 시작점이기도 하다. 노심초사 하다 스트레스를 한꺼번에 풀고 집으로 왔다. 집을 나선지 4시간 10분 걸렸다.

https://blog.naver.com/hoilsanta/221507454749

3. 칠색(三色) 효행길('14, 1, 29일)

일색(一色)부터 순번 적으로 팔색(八色)까지 답사하는 것이 순리라고도 할 수 있겠지만 사정상 칠색(七色)인 효행길부터 먼저 다녀오기로 마음을 먹고 나섰다. 서호천을 거슬러 올라가기가 벌써 세 번째다. 모수길 지게길 모두가 서호천으로 가면 편리하기 때문이다. 마찬가지로 효행길의 시발점이 지지대 꼭대기이기 때문에 우리 집에서 가려면 서호천을 이용하면 쉬운 것이다. 노송지대에서 지지대 비각 있는 데까지 가려면 상당한 경사로를 약 1km 이상을 힘겹게 달려야 한다. 초장에 에너지를 너무 많이 소모하여 맥이 빠진다.

수원시와 의왕시 경계 지지대 효행길 시발점

수원과 의왕시의 경계인 지지대 정상에서 수원시를 상징하는 화강암 공심돈에 새겨진 수원시라는 글귀가 지난 세월의 영욕을 한꺼번에 떠올린다. 삼남길을 다녔던 수많은 조상부터 시작하여 정조대왕에 이르기까지 과연 무엇을 보고 어떤 생각을 하였을까? 서세가 동진하고 일본에게 국권을 빼앗기자 전국에 신작로가 나기 시작하였다. 지지대 고개도 깎여지고 낮아졌을 것이다. 수난인지 현대화 인지 평하기 보다 지지대 비각이 차도보다도 한참 위에 있는 걸 보면 그동안 변화를 알 수 있다. 나는 또 뭘 보려고 무슨 생각으로 여기 서 있는지? 한나라의 흥망성쇠를 간직한 지지대가 지난 역사를 지켜보았을 것이다. 그래도 지지대는 현대문명의 산물인 각종 공해와 뗏물을 뒤집어쓰고 말이 없다.

바로 지지대 아래에 불란서군이 6. 25 한국전쟁에 참전한 기념비가 있다. 여기서부터 시작하는 수원둘레길을 광교산으로 보내고, 또 그 조금 아래에 정조의 효심을 오늘에 되살리고자 하는 효행공원이 있다. 이와 같이 역사의 숨결이 살아있는 고개에서 이것저것 보면서 머뭇거리다 노송지대로 내려왔다. 그 옛날 수원을 거쳐 간 수많은 관리들의 송덕비가 줄을 서 있고 그 옆에 중고 자동차 매매장이 들어서 있다. 노송지대의 소나무에는 아직도 6 · 25 때 총탄 자국이 남아 있다고 한다. 트럭 한 대 겨우 지나갈 정도의 비포장도로를 통해서 6. 25사변을 치러낸 역전의 길이다. 이 모든 것을 오늘날 우리는 너무나 풍요로워 망각하고 산다. 평화를 원하거든 전쟁에 대비하라고 미국 육군사관학교 웨스트포인트 정문에 새겨져 있다는 글을 되새겨 본다.

이어서 지게길에서 언급한 바 있는 파장동 시장이 나오고 바로 일왕저수지로 연결된다. 일왕저수지는 정조대왕께서 농업을 장려하기 위하여 인력으로 파신 저수지 4개 중의 하나다. 일명 만석거라 부르던 일대를 공원화하여 만석공원으로 이름을 짓고, 시민들의 문화와 휴식의 공간으로 제공되고 있는 곳을 지나면 효행길은 수원화성의 정문인 장안문으로 들어선다. 종로를 따라 행궁을 옆으로 끼고 남문으로 나오면 수원천의 수양버들이 늘어진 옛 이름의 버드내 동네인 세류동을 거쳐 비행장 사거리에서 수원둘레길과 합류하여 세류역을 지난다. 수원시 끝에서 효행길은 화성시로 넘겨주고 수원둘레길과 작별하면서 끝을 맺는다. 효행길은 수원시의 북쪽 끝에서 시작하여 남쪽 끝에서 멈춘다. 마찬가지로 수원둘레길

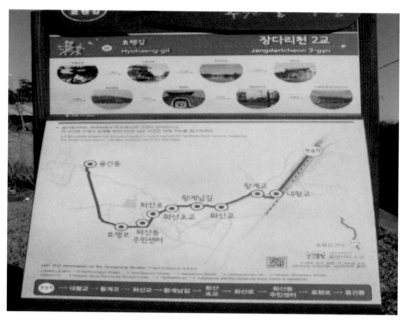

효행길 지도

과도 끝과 끝에서 서로 만났다 서로 헤어진다.

　효행길은 한마디로 정조대왕께서 혜경궁 홍씨에 대한 효심을 오늘날 되살리는 의미에서 붙여진 이름이라고 볼 수 있으며 정조대왕이 지지대고개에서 융건릉까지 다니셨던 길이다. 4시간 50분 걸림

https://blog.naver.com/hoilsanta/221509042914

4. 삼색(三色) 매실길 ('14, 2, 7일)

며칠 전에 입춘을 보냈다. 남녘에는 매화꽃이 피었다는 소식도 들린다. 여기 수원에도 녹은 눈이 가는 길을 질퍽 이게 하는 걸 보니 오는 봄은 분명히 가까이 있나 보다. 따스한 오후의 햇살을 받으면서 팔색길 여덟 길 중 네 번째로 삼색인 매실길을 자전거로 둘러보았다. 국도 42호선을 타고 서로 가면 서수원 인터체인지 아래에 황구지천이 나온다. 이 황구지천의 동쪽 제방이 매실길의 절반이고 나머지는 칠보산 아랫마을과 논밭길을 이어 놓은 전형적인 시골길이다.

작년에 한번은 자전거로 하이킹을, 두 번째는 하천유역네트워크에서 생태계 탐사로, 그리고 이번에 매실길 답사로 세 번째 이 황구지천 제방을 달리고 있다. 매번 목적은 달랐지만 가는 길은 똑같다. 죽은 벚나무를 모두 갈아 심고 주변도 어느 정도 정리되어 한결 새로워졌다. 벚나무가 활착되어 꽃피는 봄날에 내가 제일 먼저 보고 즐겨야 할 텐데? 욕심이 앞선다. 이렇게 공직자들이 맡은 일을 잘하는 걸 보면 기분이 좋다.

의왕의 왕송저수지 제방에서 수원둘레길과 만나서 당수동을 거쳐 칠보산 기슭의 여가녹지로 갔다. 몇 번 와 본길이라 낯설지 않다. 약수 한잔 마시고 주변을 둘러보면서 수원 둘레길을 산으로 올려보내고 자전거는 매실길을 따라 오솔길을 달린다. 옛 모습 그대로 살아 있는 마을과 골목길 등 정겨운 동네를 몇 개나 지나고 논밭 두렁길도 간다. 철기(잠자리) 잡고 매래미(매미)잡던 철없던 꼬마가 고향 동네 산야를 누비는 꿈속을 헤맨다. 동심에 젖어 내달리다 보니 갑자기 거대한 아파트가 길을 가로막는다. 꿈에서 깨어나 다시 현실로 돌아왔다.

서울대 칠보산 학습림을 지나서 국립무궁화연구소가 있는 구릉지대로 나왔다. 아무리 찾아도 보이지 않던 매실길의 안내 표지가, 새로 한 무궁화연구소 울타리 속에 들어가 있다. 조속히 수원시에서는 정상으로 되돌려 놓아야 할 것이다. 박근혜 대통령은 비정상을 정상으로 돌려놓아야 한다고 주문을 하고 있다. 우리는 정상을 되찾을 때 선진국으로 진입과 남북통일이 앞당겨지리라 본다. 서수원 일대의 개발지를 거쳐서 수원여자대학 옆으로 하여 수원시농업기술센터 앞에서 국도 42호선으로 나왔다. 다시 황구지천을 거슬러 북으로 하여 서수원 IC로 왔어! 매실길 일주를 끝냈다.

매실길을 지키는 황소

쉬지 않고 길을 찾아 헤매고 험한 길을 자전거로 고생 좀 하였습니다. 매실길을 만드느라 고생하신 분들 수고 많았습니다. 아무쪼록 시민이 즐겨 찾는 길이 되기를 기원합니다.

여기까지 오늘은 약 10km 3시간 56분 걸렸어 왔습니다.

https://blog.naver.com/hoilsanta/221508101581

5. 사색(四色) 여우길('14, 2, 11일)

수원에 살면서 수원을 속속들이 다 안다는 것은 거의 불가능에 가깝다. 하지만 수원에 대하여 질문을 받았다면 뭔가 자신있게 답할 수 있어야 한다고 스스로 다짐을 하여 왔다. 2월 11일에 여우길을 답사하면서 충격과 놀람에 빠졌다. 이런 길이 수원에 있었단 말인가 하는! 여우길은 시민 옆에 있다. 남녀노소 누구나 숲길을 걸을 수 있는 구릉지대의 오솔길이 아기자기하게 적당히 연결되어 있어서 주위에 있는 주거지에서 언제나 부담 없이 오고 갈 수 있는 길이다.

경기경찰청 청사 앞에서 시작하여 오솔길을 타고 경기대로 가는 길은 높지도 않고 경사도 적당하다. 신나게 자전거의 페달을 밟을 수 있어서 더욱 신이 났다. 어느새 경기대 속으로 들어왔다. 학생 기분이다. 지나는 학생에게 사진 부탁하고 후문으로 나왔다. 안내 표지를 따라가니 원천천의 상류다. 인근 주위에서 오염된 물이 섞여들고 있다. 천변 산책로가 여기서부터 시작한다. 지나는 주변마다 각양각색으로 신축 건물들이 경쟁이나 하는 양 솟아오르고 있다. 그야말로 천지개벽이 일어나고 있다. 원천리천 마저도 개벽의 바람을 탔는지 상류의 오염이 하류로 갈수록 맑아지고 있다. 천변의 산책길은 이리저리 멋을 더하고 시민의 입맛에 맞추려 애를 쓰고 있음이 눈에 보인다. 얼마 전까지만 하여도 산과 논밭이던 농촌이 광교신도시로 둔갑하는 현장을 직접 보면서 달리고 있다. 이러한 개발과 역사의 현장을 누빈다는 것이 너무나 감격스럽다. 이것이 바로 답사하는 맛과 재미요 또한 목적이다.

몰라보게 달라진 원천리천이 원천저수지로 들어간다. 주변의 고층 건물들이 잔잔한 호수에 구름을 업고 거꾸로 줄을 서 있다. 나무 산책로가 모양을 내어 이리저리 편리하게 놓여 있다. 달리는 자전거에 나뭇결이 닿아서 내는 멜로디가 호숫물에 반사되어 가히 환상적이다. 자전거, 나무다리, 호수가 연출하는 하모니에 그야말로 넋이 나간다. 멜로디에 도취한 물새들도 저마다 독특한 품세로 한결 뽐낸다.

 언제나 적당한 선에서 물러남이 지혜로운 일이다. 여우길도 이제 그만 저수지로부터 산으로 올라간다. 덜 녹은 잔설이 미끄러워 자전거가 산비탈에서 밀린다. 양옆 아래로 주택지를 끼고 능선을 달린다. 산책하는 시민이 줄을 서서 오간다. 봉영사를 지나서 출발지인 경기경찰청 청사 앞 연암공원까지 2시간 20분이 걸려 한 바퀴 돌아왔다.

원천리천 저수지

 흔히들 여우 같은 여자라고 한다. 여우길이 그냥 여우길이 아니다. 여우 같은 여우길이다. 여러분 여우길에서 4시간 반 동안 여우에게 한번 홀려 보지 않으시겠습니까?

https://blog.naver.com/hoilsanta/221508107576

6. 팔색(八色) 화성성곽길('14. 2. 15일)

　수원화성은 수차례 둘러보았으나 둘레길로 지정되고는 처음이다. 이러한 차원에서 이번에 수원의 둘레길 팔색을 답사하는 과정에서는 빼놓을 수 없었다. 본래 자전거로 모든 길을 답사하기로 하였지만, 수원화성은 자전기 통행을 불허하므로 할 수 없이 걸을 수밖에 없었다. 또한 성을 축조하신 정조대왕과 선조들에 대한 예의로서도 자전거로 누빌 만한 배짱이 없었다.

　수원화성의 축조는 크게 보아서 두 가지로 나누어 생각해 볼 수 있다. 첫째가 나라의 국사로서다. 국가의 시책으로서 국토방위의 핵심인 성의 축조다. 한양을 중심으로 북은 개성, 동은 남한산성, 서는 강화도가 있었으나 남쪽은 비어 있었다. 수원에 화성을 지음으로써 동서남북이 안전하게 되었다고 볼 수 있다. 둘째는 정조의 노후 은퇴에 대비한 사생활 터전의 마련이다.

수원화성 화홍문

정조는 아버지 사도세자의 능 참배를 위해서는 수원을 중심에 두지 않을 수 없었다. 이것이 수원행궁을 짓고, 수원화성을 쌓은 계기가 되었다. 그러다 보니 왕위를 물려준 후에 노후의 안정되고 편안한 쉼터로서 골치 아픈 한양수도 보다는 수원을 택하였던 것으로 볼 수 있다. 왕위에 있을 때 이 기반을 마련하기 위하여 국가경영보다도 수원에다 전력을 다하였다. 한 예로서 농경지의 개간이나 저수지의 축조 등 국가재정으로 해야할 일들까지 내탕금으로 하였다는 말이 있다. 즉 나라의 땅을 자기가 자기 돈으로 개간하여 자기 것으로 하려는 속셈이 보이는 대목이다.

수원화성 서문 화서문

정조가 집권할 시기는 서구의 문물이 물밀듯이 밀려오는 시대였다. 중국의 청은 건륭황제가 이슬람 문화권인 지금의 서장, 위구르까지 영토를 확장하고, 러시아는 시베리아를 손에 넣고 베링해를 건너 알래스카까지 진출하던 시기였다. 일본은 서양 문물을 받아들여 명치유신의 기반을 다짐하던 격동의 시기에 정조는 개인의 노후생활을 위하여 수원화성에 국력을 쏟아붓고 있었던 것이다.

조선조 역대 왕들보다 정조는 빼어난 군주였음은 틀림없다. 그의 지위와 지도력, 카리스마를 국가 중흥에 역량을 받치기보다는 개인의 영달을 위하여 국력을 소진하였다고 볼 수도 있다. 역사는 되풀이 될 수 없다고 하지만. 정조가 왕위에 오른 해가 1776년이다. 제임스 와트가 증기기관을 인류 최초로 기계로서 사람이 사용할 수 있도록 만들어 산업혁명을 일으키게 되고, 시민혁명인 미국이 독립한 해이기도 하다. 만약에 성조가 시대 조류를 잘 읽고 서구 문명을 알아서 받아들여 국가경영에 반영 하였더라면 오늘날 대한민국의 위상이? 일제 36년간의 식민지 시대와 국토분단에 의한 민족 상쟁인 6. 25가 과연? 정조는 좀 더 눈을 크게 뜨고 시대사조에 맞는 국가를 위해서 앞을 바라볼 수 있었어야 했다. 이러한 관점에서 볼 때 정조 역시나 평범한 군왕보다는 조금 나을 뿐이지 대왕으로서 정조대왕이라 하기에는 선뜻 마음이 내키지 않는다. 아무리 효도라 하지만 막대한 국가재정과 국력을 왕이라 하여 개인적인 집안일에, 부모의 회갑 잔치에 탕진하였다는 것을 되새겨 보아야 한다. 오늘날 수원시에서는 효의 도시다 하여 정조를 마치 효의 상징인양 내세우고 있다. 물론 좋은 일이다. 탓을 해서도 안 된다. 효 자체가 고도한 가치를 지니고 있고 본받아야 할 덕목이기 때문이다.

정조를 대왕으로 모시는 많은 학자와 정조의 혜택을 누리고 있는 경기지역 일부 시민들은 정조의 감추어진 뒷면은 보지 않고 나타난 현실만 크게 부각해옴에 따라 그를 비평하거나 토를 다는 것조차 금기사항으로 백안시 되는 분위기다. 세계문화유산이 있는 수원은 세계적인 유산을 안고 있으니 당연히 정조를 치켜세우고 있지만 국가 전체로 보았을 때 너무나도 크고 씻을 수 없는 손실을 가져오게 되었다는 것을 우리는 한번 되싶어 보아야 하지 않을까 생각해 보면서 아쉬움을 달래고 화성성곽길을 둘러본 소감을 내려놓는다. 걸어서 약 2시간 걸렸다.

7. 오색(五色) 도란길('14. 2. 19일)

 둘레길 8개 중 7번째 길을 답사하였다. 이제 수원시 시계(市界)를 따라 나 있는 수원 둘레길만 남았다. 이번의 이 도란길은 영통 일대를 주름잡는 길이다. 영통은 얼마 전까지만 하여도 야산 가운데 농경지가 띄엄띄엄 있었던 전형적인 시골이었다. 수원시의 시세(市勢)가 확장되면서 최근에 개발된 관계로 길도 넓고 여러 가지 인프라가 제대로 고루 감추어진 곳이라 비교적 쾌적한 도시 환경을 구비하고 있다.

 국도 42호선을 따라서 신갈로 가다 보면 삼성전자 입구 조금 못 미쳐서 원천리친 다리목이 나온다. 여기서부터 원천리친의 서쪽 산책길을 따라 남쪽으로 도란길이 시작된다. 상류의 여수길과는 사뭇 다르다. 인적도 드물고 수질도 상당히 오염되어 있다. 제방을 돌로 덮어 둔 것이 수원시 4대 하천 중에서 좀 색다르다. 입구에서부터 자전거 출입을 제한하고 있었으나 눈치 보아서 자전거로 산책길을 달렸다. 양심에 저리기도 하면서 한적한 산책로를 마음을 놓고 달리니 신이 나기도 하였다.

 하천변을 따라서 가다 보면 시가지로 이어지고 시가지에서 구릉지대 산으로 올라가는 것은 여우길과 별반 다를 바 없다. 그러나 도란길은 그 어느 길보다도 색다른 점은 벽골제아파트로부터 주택지대 가운데를 관통하는 공원 산책로가 있다. 이 산책길은 주위의 주거단지로 바로 연결되어 있어서 아파트에서 나오기만 하면 공원에서 휴식을 즐긴다거나 산책을 하게 되어 있다. 누군가 아주 머리를 잘 쓴 작품이다. 또 하나 언급해야 할 것이 있다. 대부분의 공원에는 운동기구 몇 개로 때우기 다반사지만, 산으로 이어진 오솔길의 정상은 중앙공원으로 이름한 넓은 광장에 정자도 있고 여러 가지 운동기구와 운동하는 요령이나 효과 등을 정성스레 적어

둔 멋진 쉼터다. 그리고 산꼭대기에서 약수가 나오는 데도 있다. 정말로 희한하다.

영통 중앙공원

이와같이 이런저런 볼거리와 아늑한 길들을 꼬불꼬불 거리다 산밑으로 내려오면 신갈로 가는 국도 42호선의 삼성전자로 들어가는 삼거리다. 여기서 수원둘레길과 만났다 헤어진다. 후련한 마음으로 출발하였던 원천리천 다리목으로 돌아와 도란길 일주의 마침표를 찍고서 집으로 오는데 배도 고프고 맥이 빠진다.

도란길 주행에 약 3시간, 오가는데 2시간 합하여 약 5시간을 거의 쉬지 않고 자전거를 타느라 많이도 지쳤는가 보다.

https://blog.naver.com/hoilsanta/221510001445

8. 육색(六色) 수원둘레길 첫날구간 1일 차('14. 3. 8일)

수원둘레길은 수원의 둘레길 중 하나다. 제목 자체가 자칫 헷갈리기 쉽다. 수원에 둘레길이 8개 있는데 그중에서 수원 시계를 한 바퀴 도는 것이 수원 둘레길이다. 이 길을 자전거로 답사하려면 칠보산과 광교산의 두산맥 능선을 자전거로 가야 한다. 감히 엄두가 나지 않지만 지금까지 수원의 둘레길 들을 자전거로 답사하였으니, 이제 마지막 남은 수원 둘레길을 가는데 막을 자 그 누구이던가?

수원둘레길은 8개의 둘레길 중 가장 난코스이면서 그 길이마저도 52.8km에 이른다. 일정(日程)에 맞추어 5~6회로 계획을 세웠다. 그래서 3월 8일에 의왕의 왕송저수지에서부터 시계방향으로 그 첫 페달을 밟게 된 것이다.

고속도로를 건넌다

처음부터 둘레길을 안내하는 표지가 어디에 있는지, 어느 길로 어디로 가야 하는지 막막하다. 예상되는 길을 찾아 주위를 몇 바퀴 몇 차례 돌고 돌면서 물어보기도 하여서 겨우 발견한 것이 고속도로 육교아래 조그만 안내표지다. 욕이 머리 꼭대기까지 올라온다. 성질을가라앉히고 안내표지를 따라서 영동고속국도와 나란히 언덕길을 달리다 숲속 산길로 들어선다. 동네 주민들이 농사나 산에 볼일이 있을 때 다니던 길이지 등산로나 산책길은 아니다. 수원에 이러한 알려지지도 않았고 알 일도 없는 산길을 찾아서 수원의 둘레길로 한 수원시에 무한한 감사를 드린다. 둘레길이 아니었다면 언제 무엇 때문에 이 길을 갈 생각이나 하였겠는가 말이다. 이런저런 별 볼일 없는 생각을 하는 사이에 화남 아파트지대로 나온다. 경부선 성균관대역이 눈앞에 있다. 홀린 기분이다. 아니 여기가 어디야? 정신 차리고 경부선 철길 밑으로 하여 율전동 시가지 가운데로 나왔다. 율전중학교를 오른쪽으로 하여 북으로 가다 보니 밤꽃청개구리 공원이다.

정조대왕이 쉬어갔던 지지대 비각

밤꽃청개구리공원은 작년에 삼남길 답사 중에 해우재에서 서호천길로 가던 길목이다. 이제 그 길을 거슬러 올라간다. 산비탈에 논밭이 계단식으로 조성된 다랭이 지대다. 그때 물맛이 좋았던 약수터가 반갑게 맞이한다. 물 한 모금 마시고 쉬어서 가노라니 고갯마루에서 헷갈린다. 오른쪽도 왼쪽도 모두가 수원둘레길로 표시를 해두었다. 둘레길은 원형인데 "T"자가 있을 수 없기 때문이다.

영동고속국도가 저 아래 까마득히 빗겨서 놓여 있고 그 위에 구름다리가 아스라이 걸쳐져 있다. 그 다리를 건너기 위해서 수많은 나무계단을 자전거를 끌고 내려가기란 너무나 힘 던다.
어릴 때 고생은 사서도 한다지만 이제 벗어 놓아도 좋으련만 일부러 고생을 사서 하는 이유는 고진감래를 생활의 한 신조로 삼고 있기 때문이다.

헷갈린 길 때문에 성질이 났던 것도 이제 어느 정도 평정을 되찾고 산의 능선길을 신나게 자전거로 달리는데, 수원둘레길의 헷갈림을 물어보았던 아주머니가 되돌아가면서 아는 체한다. 안내표지가 잘못되었다고 말을 하니까 대단 하다. 그리고 한참을 갔다. 어 이게 웬일이야? 삼남길 답사 중에 골사그네 동네 뒤에 1974년도 박정희 대통령께서 식목일에 기념식수를 한 잣나무 지대가 아닌가. 나무도 반갑고 그 사연도 감회가 깊다. 그리하여 지지대고개 정조대왕의 지지대비각에서 수원둘레길 답사 첫날의 일정을 마감하고 약 5시간 반 걸려 집으로 왔다.

기분 좋아지려 하였는데 정신적으로 육체적으로 피곤하다. 무엇 때문일까?

https://blog.naver.com/hoilsanta/221510018406

9. 육색(六色) 수원둘레길 첫날구간 2일 차('14. 3. 16일)

아침부터 봄날의 따스한 햇볕이 온 누리에 가득하다. 여기산의 왜가리
도 보금자리를 돌보느라 바쁘다. 만물이 소생하는 양춘가절에 품었던 수
원둘레길 답사를 하기 위하여 폼나게 차려입고 자전거로 지지대 고개로
갔다. 지지대 고개는 효행길이 시작하는 길인 동시에 수원둘레길과도 교
차하는 곳이다. 효행길을 답사할 때는 제법 날씨가 살살 하였는데 어느덧
봄기운에 내복을 벗어 던지고, 오늘 이 자리에서 기념사진을 찍고 일로
영동 고속국도 지하차도를 향하여 걸어가고 있는 자신의 모습에 기운이
솟는다.

지지대 부근 고속도로밑 지하차도

오늘의 일정은 지지대고개에서 통신대 헬기장까지다. 시삭부터 만만치
않다. 맨몸으로도 버거운 경사각 30도 정도의 산비탈 길을 자전거를 끌고
올라가려니 숨도 차고 다리도 따라오기를 서부하는 것을 억지로 참고 올

라가는데 등산을 가던 젊은 부부가 한참이나 보고 간다. 매사 시작이 반이라 하였거늘 힘을 내고 갔다. 가다가 아니 곧 가면 아니 감만 못하리라. 태산이 높다 하되 하늘 아래 뫼이로다. 사람이 제 아니 가고 산만 높다 하더라. 수도 없이 들었던 말이고 달달 외우던 말이다.

광교산 광교헬기장

어느덧 젊은 부부 등산객을 앞질러 산마루에서 땀을 닦고 있는데, 그 젊은 부부가 또다시 앞질러 가길레 "결국 앞서가시네요" 하니까 싱긋이 웃고 간다.

등산객 편의를 위해서 계단을 곳곳에 설치해 두었다. 가는 곳마다 이 계단이 애를 먹인다. 자전거하고는 삼각이다. 불평하고 불만을 표한들 부질없는 짓이다. 묵묵한 계단 보고 나무랄 수도 없으니 맘에 두지 말고 그냥 그저 그러느니 하고 가는 것이 정신건강에도 좋다. 누가 자전거 가지고 산에 오라 했느냐? 하면 할 말이 없어진다.

이 길은 수차래 등산을 해 보았던 눈익은 길이라 자신감 있어 하였는데 가도 가도 아득하기만 하다. 힘도 다해가고 맥도 빠지는데 저만치 광교 헬기장이 눈에 들어온다. 반가움에 얼굴이 환해지는 것을 느낀다. 여기는 자전거로 두 번째다. 수년 전에 항아리화장실에서 한철약수터를 거쳐 자전거로 올라온 후 이번이 그때와 달리 반대 방향에서 올라온 두 번째가 된다. 쉴 만큼 쉬었으니 또 간다. 통신대헬기장까지 산길 1.4km를 급경사 계단을 한참 내려왔다 자전서가 몸살을 한다. 갈레 길이 있어서 능선에서 휴식하는 여자들에게 어느 길로 가는지를 물었다. 저 길은 편하고 이 길은 험하다고 한다. 험한 길을 택하여 가려고 하는데 왜 편한 길을 두고 그리로 가느냐고 한다. 험한 길을 가는 것이 나의 목적이라고 하니 아무 말이 없다. 앞에서도 언급하였듯이 고진감래가 몸에 배어 있는 것이 나의 DNA다.

보다 편해야 하고, 맛있는 것 먹어야 하고, 좋은 옷 입어야 하는 것은 나에게는 맞지 않는다. 아무런 사는 맛이 나지 않는다. 산전수전 겪으면서 좌충우돌하다 보면 생기가 나고 보람과 짜릿한 재미와 스릴을 느끼고 삶이 튼튼하고 충실해진다. 여기에 행복이 숨어 있는 것이다.

통신대헬기장에서 다음날 또 여기서 출발해야 한다고 생각하니 아찔해진다. 하지만 어찌하리오. 이것이 나의 계획인데. 약 6시간의 강행군이었다.

https://blog.naver.com/hoilsanta/221510841665

10. 육색(六色) 수원둘레길 둘째날 구간('14, 4, 13일)

수원둘레길을 답사하기로 하고 첫날 구간은 별 무리 없이 다녀왔으나 둘째 날 구간이 아무래도 맘에 걸린다. 광교산 미군 통신대 안테나가 있는 꼭대기까지 자전거를 끌고 가야 할 뿐만 아니라 광교산 능선을 타고 시루봉, 형제봉을 모두 자전거로 답사하고, 동문에서 수지로 가는 43호 국도가 만나는 곳까지 내려가야 하기 때문이다. 왕창 젊은 사람도 맨몸으로 하루에 답사하기에는 벅차다.

오른쪽위 둘째날 참조 하세요

어떤 일을 할 때 좋아서 하는 일이 있고, 어떤 목적을 가지고 꼭 이루어보겠다는 결심하에 하는 일이 있다. 후자는 힘이 들거나 어려울 경우가 많다. 이번에 광교산을 가는 것도 수원둘레길을 자전거로 답사하겠다는 의도로 무리해 가면서 하는 것이다. 그냥 목적 없이 하루를 때우는 것보다 하나씩 목표한 것을 달성해 나갈 때 그 기쁨과 성취감은 삶을 살찌우

광교산 정상

광교산 형제봉

는 것이다. 그래서 오늘도 광교산 통신대 앞에 자전거를 가지고 썼다. 쾌감이 이루 말할 수 없다. 그리고 또 능선을 탔다.

광교산 시루봉 표지석 582m라고 새겨진 (앞면은 광교산 뒷면은 시루봉이라 새겨져 있슴) 앞에 자전거와 함께 서서 사진을 찍는다. 시루봉에서 파는 아이스크림 맛이 너무나도 좋다. 형제봉 오르는 계단을 오를 때는 자전거를 들고 30계단마다 수십 차례 쉬어가면서 올랐다. 내려 올 때도 50계단씩 자전거를 들고 쉬어가면서 내려왔다. 힘들 다거나 괴롭다는 맘을 가지면 기운이 빠지고 맥이 풀려서 그르치기에 십상이다. 끝까지 굳은 신념으로 하나씩, 한 단계로 포기하지 않고 끈질기게 나아 가다 보면 어느새 끝에 와 있다. 이것이 인생을 살아가는 묘미다. 어려움에 봉착할 때 결코 포기하거나 좌절하지 않고 굽힘 없는 강한 집념으로 극복해 나가야 한다. 바로 이 때문에 자전거를 가지고 광교산을 답사하는, 남들이 감히 엄두를 내지 못하는 결행을 한 이유이다.

형제봉에서 내려오다 보면 경기대와 용인, 수원시 경계로 가는 세 갈래 길이 있다. 중요한 갈림길에서 어디로 가야 하는지 안내표지가 없다. 여기에 포장마차가 간단한 음료수와 먹거리를 팔고 있기에 수원둘레길을 가려면 어디로 가야 하는지 물었다. 음식을 사 먹는 이 포함하여, 모든 사람이 하는 말이 아니 여기가 둘레길 아니냐 도대체 목적지가 어디요 하면서 되묻는다. 수원둘레길을 가려고 합니다. 수원둘레길을 아는 이도 없을 뿐만 아니라 그만은 8색길 표지를 보고도 이것이 무엇을 하는 것인지 아무런 관심이 없다. 바로 옆에 수원둘레길이라고 표지를 해 둔 것을 지적하면서 저 길을 가려고 합니다. 하면, 사람을 우습게 쳐다보면서 가소로워한다. 이것이 오늘날 우리 사회현상이다. 아무리 관(수원시에서 애썼어)에서 시민을 위해 노력을 해도 관심이 없다가 무슨 일이 터지면 비로소 관을 향하여 삿대질, 갖은 욕설과 온갖 트집을 잡고 소란을 피운다. 진도 앞바다 세월호 침몰사고를 바라보는 국민의 시각이 관의 무능함에 초점을 맞추고 있는 것과 무엇이 다르단 말인가?

천년약수터

천년약수터에서 한참 쉬었다가 용인으로 넘어가는 버들치 고개를 지나 군부대 철조망을 끼고 돌아 43호 국도와 영동고속국도, 오산~서울 간 고속국도가 만나는 수원시 경계에서 가랑비를 맞으며 힘이 빠진 다리로 겨우겨우 페달을 밟아 집으로 왔다. 오전 9시에 집을 나와서 오후 6시에 돌아왔다.

https://blog.naver.com/hoilsanta/221510848833

11. 육색(六色) 수원둘레길 셋째와 4일차 일부구간('14, 5, 3일)

화창한 봄 날씨다. 5월은 계절의 여왕이라 하였던가? 수원둘레길 셋째 날 구간이 시작되는 국도 43호선이 만나는 수원과 용인의 경계를 이루는 고갯마루에 자전거를 세우니 신록이 우거지는 수원둘레길에 스며드는 오후의 햇살이 너무나 싱그럽다. 춘기(春氣)가 가득하다. 비록 몸은 늙어 가지만 마음만은 봄을 따라나선다.

호젓한 오솔길

수원사람으로서 수원이 변하고 있는 현장을 내 눈으로 보고, 직접 현장을 답사하여 무엇인가 느끼고 와닿는 것을 기록으로 남기고 후세에 전할 수 있어야 한다고 생각한다. 지금 광교 신도시 일대가 우리가 흔히 말하는 상전벽해라던지 천지개벽이라는 말로는 도저히 표현할 수 없는 새롭고 흥미로운 건설 붐이 폭발적으로 진행되고 있다. 거기에 초 현대적으로 자연 친화적이고 쾌적한 신개념이 담겨 있다. 수원둘레길을 그냥 둘러보는 것이 아니라 여기저기, 이런저런 것들을 살펴보고 많은 장밋빛 미래를 꿈꾸어 보는 데서 입에 단물이 고이고 생각의 깊이가 더해지는 것이다. 이런 맛으로 둘레길을 가면 힘들 다거나 단조롭고 지루함에서 벗어나 즐거운 길이 되는 것이다.

영동고속국도가 보인다

42호 국도에서 여우길을 만났다. 삼성전자 입구에서 여우길과 이별하고 영통대로에 접어들자마자 육교를 동으로 건너면 주택가 한적한 도로를 따라 경희대 앞으로 나온다. 대학생이라도 된 양 괜히 정문을 배경으로 무게를 잡고 행인을 불러 세워서 카메라 셔터를 부탁했다. 그냥 바로 가면 될 터인데도 둘러 둘러 간다. 수로가 수문을 거느리고 뽐내는 들판 가운데 있는 동네의 골목을 빠져나오자마자 박지성길이 반가이 맞이한다. 이 길을 건너 비상활주로 지하에서 효행길을 만났다. 세류역으로 하여 비행장 사거리에서 효행길은 남문으로 보내고, 다시금 수원천에서 모수길을 만나 서호천 하류에서 오늘의 일정을 끝내고 서호천 모수길로 하여 4일 차 구간마저 절반 정도 답사를 하고서 집으로 왔나.

https://blog.naver.com/hoilsanta/221511713905

12. 육색(六色) 수원둘레길 마지막날과 4일차 일부구간'14, 5, 17일)

수원둘레길의 마지막 구간을 답사하기 위해서 수원둘레길 중 하나인 모수길인 동시에 삼남길의 중복들길을 따라가다가 국도 43호선을 만나면 수원 수원둘레길 4일 차 구간이 나온다. 여기서 모수길은 수원역 방향으로 보내고 수원둘레길은 중복들 길과 겹쳐서 남으로 이어진다. 인천으로 달리다 그만둔 수인선 협궤가 녹 설은 철교 위에 상처투성이로 버려져 있다. 70년대에 인천에 살던 동생 집에 가느라 새벽 첫차를 탔던 기억이 새롭다. 디젤엔진을 얹은 꼬마 기관차 겸 객차가 시골 아낙네들 수다와 장거리를 실은 몇 량의 객차를 달고서 아늑하고 평화로운 들판을 달리다 장이 서는 역에서 시끌벅적하게 내려놓고 바쁠 것 없이 세월아 네월아 하고 간다. 요즘 말하는 슬로시티가 그때 이미 있었다. 사리에서 바닷가재를 팔러 가는 아주머니가 우리 아들은 이것만 있으면 밥 한 그릇 뚝딱한다는 말에 구미가 당겨서 제법 많이 샀어는 동생 집에 당도하여 삶아 먹었다. 그 아주머니 말대로 늘어놓은 자랑으로 잔뜩 기대한 얼굴들이 일시에 찌푸려진다. 그래도 나는 맛이 있는 양 표정을 지으려 무지 애를 썼다. 아직도 그 맛, 그 이유를 모르는 것과 같이 방치 해둔 녹슨 철로를 이해할 수 없다.

전투 비행단의 전투기가 폭음과 함께 하늘로 솟구치는 장관을 보면서 삼남길의 중복들길을 서호천 동쪽 제방인 비행장 울타리 옆으로 갈라서 이별하고는, 수원의 3공단 끝에서 수원 음식물 쓰레기 퇴비화 시설을 돌아 황구지천의 동쪽 제방을 따라 북으로 방향을 잡으면 공단 외곽을 거의 한 바퀴 돌게 된다. 수원에 이러한 공단이 있는 줄 아는 이 드물 것이다. 내 고장을 제대로 모르면서 시민이라 하기에 부끄럽지 않아야 한다고 생각해본다. 지금까지 수원의 이름난 곳은 모르는 데가 없다고 자부하여 왔다. 특히나 황구지천은 당국에서도 별로 관심이 없는 관계로 한참 손이 덜 간 곳이라 여겨 왔다. 하지만 착각도 유분수다. 벚나무 터널이 끝없이

112

뻗어 있어 경주나 진해보다 몇 배로 더 좋은 벚꽃 나들이가 되기에 조금도 손색이 없어 보인다. 내년 봄에는 잊지 않고 꼭 와야지! 왜 수원시는 시민을 위해서 이렇게 훌륭한 작품을 만들어 두고도 홍보를 안 하는지 알다가도 모를 일이다. 벚꽃이 만발한 황구지천에 유등을 띄우는 밤벚꽃놀이 축제를 머릿속에 그려본다. 만약에 이를 전국에 알리면 아마도 수원이 터져 나갈 것이라고 장담한다. 우리가 가지고 있는 관광 자원을 발굴하고 산업화해야 한다. 창조경제가 바로 이런 것이 아닐까?

녹슨 구 수인선

자전거만 타고 가는 것이 아니라 이런저런 여러 가지 생각들을 해보고 구상을 하여 봄으로써 발전이 있는 것이고 희망이 보이는 것이다. 그래서 탁상행정만 하지 말고 현장에 직접 나서라는 것이다. 이명박 대통령 초기에 전봇대 생각이 난다.

이리하여 다시 42호 국도를 만나면 매실길과 합류하여 가다가 매실길은 수원시농업기술센터 방향으로 보내고 산림청 수원국유림관리소로 하여 구릉지대에서 시야가 확 트이는 끝에 선명한 태극기가 펄럭인다. 웬

태극기랑? 그 앞에 봄날의 따뜻한 숲길 원두막에서 가족들의 오붓한 오후의 한때가 그림같이 다가온다.

산림청 국유림 관리소

수원둘레길을 칠보산으로 안내하는 입간판이 장승처럼 서서 가는 자를 멈추게 한다. 희한한 현대판 번개춤이 난무하는 선전용 간판을 어느 업체에서 같이 세워두었다. 거기부터 눈길이 먼저 간다. 아니나 다를까 얼마를 가지 못하여 수원둘레길이 고속국도공사장 밑에서 막혀있다. 어지러운 간판이 둘레길 담당자 마음을 혼란에 빠뜨린 것인지? 이 길을 답사하는 행인이 홀린 것인지? 어디로 가야 하는지? 도대체 알 수가 없다. 한참을 헤매다 지역 주민을 만나서 물어물어 갔다. 겨우겨우 공사장 가운데로 하여 칠보산 입구에 다다르니 수년 전에 칠보산 북쪽 당수동에서 남으로 칠보산을 종주하여 내려왔던 그곳 그 길이 아니던가. 감회가 새로웠다. 일시에 언짢았던 기분이 풀리고 산을 깎아서 도로를 만드는 엄청난 공사에 정신이 팔린다. 이 길이 완성되면 서수원과 오산시, 화성시, 평택시 일원의 숨통이 트일 것이다.

이번이 칠보산 종주로서 두 번째다 전에는 도보로 북에서 남으로, 이번에는 남에서 북으로 자전거를 가지고 다. 일전에 답사하였던 광교산은 계단이 힘들게 하더니 칠보산은 길 가운데 흩어져 있는 바위들로 하여 더어렵게 한다. 칠보산이라는 산 이름은 전국에 수도 없이 많은 줄 안다. 특히나 이북의 칠보산은 우리 민족의 영산으로 알려져 있지만 가보지 못함이 아쉽기 그지없다. 언젠가 통일이 되는 날 꼭 가봐야 할 산이다. 여기 수원의 칠보산에 8가지 보물이 있었는데 금 닭 한 개가 없어져 칠보산이라 이름하였다는 간판을 세워둔 정상에서 쉬었다. 그 옛날 화성군 일대가 한눈에 들어온다. 수원시, 오산시, 화성시를 하나로 통합하려 하지만 이곳 토박이들은 대찬성, 지방에서 올라온 이들은 아무런 연고를 느끼지 못하고 반대다. 조그만 이해관계가 대의를 저 버리는 사례가 아닐까 한다.

등산길이 페이고 헤어져서 다듬느라 마데에 흙을 담아 헬기로 여러 곳에 내려놓는 작업을 하고 있다. 뿐만 아니라 수원시 곳곳에 예년과 다르게 조그마한 공사들이 한창이다. 어쩐지 6월 4일 지자체 선거를 앞두고 벌어지고 있는 일들이라 씁쓸한 기분을 감출 길 없다. 흙 푸대를 비켜 가며 가진바위에서 기념사진 찍고 당수동 쉼터로 내려왔다. 매실길이 다시 반긴다. 왕송저수지 아래 배수문까지 함께 왔다가 42호 국도의 서수원 인터체인지 다리 밑에서 매실길과 이별하고, 다시 이번 수원둘레길 시작점이요 출발점인 동쪽 제방 끝에서 마지막으로 6시간 만에 수원둘레길 끝을 맺었다.

수원의 둘레길을 답사하는데 2014년 1월23일부터 시작하여 2014년 5월 17일까지 12일간에 총 61시간 20분 135.6km를 돌고 돌아 대장정이 끝이 났습니다.

수고 많았습니다.
허늘무지개님.

https://blog.naver.com/hoilsanta/221511725549

제4부 자전거 타고 제주도 일주와 올레길 달리기

제주도를 모르는 우리나라 사람은 어린아이들을 제외 하고는 없다고 해도 과언이 아닐것이다.
제주도의 지정학적 위치는 근대에 이르러 날로 중요해 지고 있다.

일본은 일직이 제주도 모슬포 일대에 비행장을 건설하고 포대를 설치하여 노일전쟁과 그들이 말하는 태평양 전쟁에 대비하였다.
해방후 6, 25한국전쟁 당시에는 국군을양성하는 육군제2훈련소를 만들어서 북의 침략을 막아낸 것이다. 오늘날 우리의 경제력이 커지고 국력이 신장되자 이를 뒷받침 하는 국제통상로를 지키는 중심에 있다. 또한 인근의 풍부한 해산물과 해저 지하자원은 두고두고 국가경제에 이받이 할 것이다.

혼화한 아열대성 기후와 화산활동으로 생겨난 지형은 세계자연유산으로 유네스코에도 등제된 세계에자랑하는 국제관광지가되고 국민의 휴양지로써 선망의 대상이 되고 있다.

이러한 제주도의 일주와 올레길을 자전거를 타고 2011년 3월 21일부터 2011년 3월 27일까지 둘러본 기행문을 여기에 실어 봅니다.

1. 인천항을 출항하는 오하마나호 선상에서 ('11.3.21 월 흐림)
인천항에서 제주항까지

삶을 영위하는 데 있었어, 그냥 매일매일 아무런 하는 일 없이 빈둥빈둥 지내는 사람이 있는가 하면, 무엇인가 나름대로 열심히 하는 사람이 있다. 스스로 뜻있는 일을 찾거나 만들어서 목표를 세우고 그 목적을 달성함으로써 자아실현과 사회와 인류 발전에 기여하고, 성취감을 맛보며 보람찬 가운데 건전하고 건강한 삶을 살아가는 것이 이 세상에 태어나서 하고 갈 일이 아닌가 생각한다.

매년 연말만 되면 내년에는 내가 또 무슨 보람 있고 표 나는 일을 해 볼까 하고 고민에 쌓인다. 그러던 차에 지인이 제주도 올레길을 다녀왔다면서 자랑을 늘어놓는다. 언젠가는 제주 섬을 내 발로 내 근육의 힘으로 한 바퀴 돌아보아야지 하는 생각을 하고 있던 터라 갑자기 머릿속이 전광석화같이 돌아간다. 옳거니 자전거를 타고 올레길 탐사 겸 제주도 일주를 하여야지! 일단 생각을 굳히고 시기를 탐색하던 중 동절기 혹한을 피하여 일시 중지하고 있는 문화유산 해설과 에너지와 기후 관련 강의가 시작되기 전인 삼월 말로 정하고 나니 설레기 시작한다.

꽃샘추위가 시기나 하듯 기승을 부리던 3월 19일 월요일 저녁 7시에 제주행 오하마나호에 자전거도 싣고 나도 탓 다. 수학여행을 떠나는 인천의 모 고등학교 학생들과 어울려져서 소란스러운 선내 분위기가 신경을 거슬리게는 하였지만, 그래도 왕창 젊은 혈기와 함께하게 되어 청년기로 되돌아간 기분이다. 영원히 이대로 간직해야지…! 부질없는 망상일까?

짐을 선실에 대충 정리하고 갑판으로 올라갔다. 연락선이 떠나는 항구의 이별이나 눈물의 전송, 마도로스의 로맨스는 보이지도 않는다, 느낌도 없다. 어둠 속에 사라져 가는 불빛은 인천대교를 밝히다 말고 시야에서 벗어난다. 셔터를 눌러 사방을 담아두고 선실로 내려왔다.

오하마나호 선상에서 보이는 인천대교 야경

땅에서만 먹던 밥을 거대한 선내 식당에서 육지에서와 다름없이 식사한다는 것도 신기하고 이색적이다. 음식도 깔끔하고 맛도 좋아 잘 먹었다. 종사자 여러분들의 투철한 직업의식의 소산일 것이다. 모름지기 인간은 맡은바 직분에 충실해야 하는 기라.

찬바람이 휘몰아치는 갑판에서 불꽃놀이 식전 행사로 사이키델릭 한, 찢어질 듯한 스피커 소리에 장단 맞추어 비틀고 꼬아 대는 반 미친 갱이같은 춤이 끝나고, 폭죽 터지는 소리와 함께 하늘 높이 쇼가 벌어진다. 여름날 밤이면 너무나 좋으련만, 계절적으로 좀 아니다 싶다. 세상만사 시의적절해야 빛이 나고 진가를 발휘하는 것이다.

일상적으로 하던 반야심경과 신묘장구대다라니 독경을 마치고, 내일 아침 제주의 신비한 모습을 그리면서 잠자리에 들었다.

https://blog.naver.com/hoilsanta/221503918166

2. 봄바람에 바다 건너 제주로 : ('11, 3, 22 강풍) 2일 차
   제주에서 성산포까지

집을 떠나면 모든 것이 불편하고 낯설지 않은 것이 없다.

Home home sweet home.
There is no place.
Like home.

이라는 시구가 절로 생각난다. 잠을 잘 잔 것 같아도 주위가 소란스럽고 어수선하여 개운치 않다. 동이 트는 새벽 바다, 망망한 대해, 푸르스름한 물결들이 끝없이 일렁이며 수평선 너머로 사라지고 불그스레 한 빛이 서서히 세상을 밝혀온다. 어둠을 삼키면서 배는 점점 제주로 달려간다. 잔뜩 흐린 하늘 아래 제주 섬 전체가 한눈에 들어오더니 한라산을 정점으로 제주시가 클로즈업되면서 오하마나호는 서서히 닻을 내리고, 승객들은 들뜸과 기대로 트랩을 밟고 급히 빠져나간다.

성산일출봉에서

유채꽃이 만발한 성산포

어제 승선하면서 선원들에게 맡겨 두었던 자전거를 찾아 나왔다. 대합실에서 자동차용 내비게이터를 자전거에 달면서 안내양에게 올레길에 관한 카탈로그를 부탁하였다. 여기는 없고 비행장에 가야 한다고 한다. 전국의 수많은 사람이 제주도의 올레길을 얼마나 부러워하고, 한번 가보기를 원하고 있는지 모른다. 그러나 진작 제주는 비행기 타고 오는 손님만 관광객이고, 그보다 열등한 배 타고 오는 사람은 그저 손님일 뿐인 모양이다.

드디어 일주 겸 올레길 탐방의 시작이다. 일주도로인 지방도 1133호를 따라 올레길이 시작되는 1번 코스의 시발점인 시흥초등학교를 네비에 찍고 페달을 밟기 시작했다. 제주시에서 시계방향으로 성산포를 향해서 동쪽으로 간다. 제주항을 벗어나면서 높은 언덕길이 나타난다. 이 고갯길만 지나면 조천읍 부근에서 약간의 구릉이 있을 뿐 완만한 경사가 해안가를 따라 뻗어 있다. 북서풍이 등을 옆으로 밀어주어서 힘은 덜 들지만, 냉기가 몸과 옷 사이를 들락거리는 바람에 온몸이 떨린다. 마스크도 하기 힘들다. 방풍용 안경에 입김을 서리게 하기 때문이다. 찬 공기를 그대로 들여 마셔야 한다. 갈수록 바람은 더욱 기승을 부린다. 조천읍을 지나자 남쪽으로 길이 돈다. 매서운 광풍이 앞바람으로 바뀐다.

자동차용 네비를 자전거에 달고...

불순한 날씨로 앞길이 막막한 가운데서도 일찍 핀 개나리꽃에 눈길이 머문다. 자전거를 세우고 한 장 찍었다. 발전용 풍차들이 줄지어 서 있는 바닷가 마을들에는 빛깔 좋은 지붕들이 조화롭게 어우러져서 한 폭의 그림같이 아름답고 평화스러워 보인다. 괜히 나만이 싸서 고생하는 것 같은 기분도 든다. 자전거 길은 훤하게 잘 뚫어 놓았지만, 일기 탓인지, 날씨 탓인지, 나 말고는 아무도 보이지를 않는다. 황천(荒天)에 사람이라고는 얼씬거리지 않는 을씨년스러운 길을 죽으라고 기를 쓰고 간다. 이러한 모든 것이 내가 남들과 다른 점이라고 생각해 본다. 역경을 헤치고 살아가는 것. 그래서 오늘 내가 있는 것이라고 감히 자부해 보는 것이다.

맞바람에 밀려서 가지 않으려는 자전거를 억지로 끌고 겨우겨우 고갯길을 넘어서는데, 멀리서 웅장한 돔 형태의 석조 건축물이 사막의 신기루처럼 아른거린다. 무엇엔가 홀린 것도 아닌데 난데없는 전경에 어리둥절 다가갔다. 그 이름 "평화통일불사리탑사"라고 일주문에 달아 놓았다. 완전히 다른 형태의 절이다. 법화경 사경을 강조하시던 도림 스님이 지으신 절이다. 가슴 벅찬 감회가 밀려온다. 도림 스님 덕분에 법화경 사경을 하게 되었고 며칠 전에 108번째 사경을 끝냈기 때문이다.

벌써 개나리꽃이 피고 있다

천신만고 끝에 시흥초등학교 부근의 1번 올레길이 시작하는 아담한 사무실에서 따뜻한 차 한 잔으로 얼었던 몸과 굳었던 맘을 녹이고 친절한 직원의 안내를 받았다. 구제역 관계로 내륙방향은 답사를 통제하고 바닷길만 가능하다고 한다. 측풍에 비틀거리는 자전거를 타고 성산의 일출봉을 돌아 곱게 핀 유체꽃밭에서 기념사진 찍고 그대로 모텔에서 뻗었다.

https://blog.naver.com/hoilsanta/221504221469

3. 아아! 꿈에도 못잊을 서귀포 칠십리여('11. 3. 23 맑음)3일 차   성산포에서 모슬포까지 2회중 1회

동창이 밝아오자 살며시 창밖을 살펴본다. 어제 돌풍에 하도 혼이 난 까닭이다. 나뭇가지가 맑은 창공을 향하여 가만히 있는걸. 보니 일단 날씨는 괜찮을 듯하다. 아침을 하는 집을 미리 눈여겨 둔 덕분으로 된장찌개 먹고 달렸다. 깊이는 모르지만, 영양학적으로 발효식품이 몸에 그렇게도 좋다고 인터넷을 타고 다닌다. 그중에서도 콩을 발효한 식품이 더 좋다고 한다. 연전에 백세 이상의 장수자를 대상으로 서울대에서 조사하여 발표한 바에 의하면 된장 고추장 등 발효한 장류를 많이 먹는다고 한다. 오늘은 그래서 더욱 기운 나게 달릴 수 있을 것 같다.

이제 동쪽 끝에서 남서로 방향을 잡고 서귀포 방향으로 간다. 군대 용어로 헤딩 사우스웨스트다. 밀감의 본고장을 찾아가는 길이다. 양지바른 언덕에는 따사로운 햇빛에 노란 감귤이 반짝인다. 길가에도 가로수 대용으로 감귤을 심어 두었다. 대부분 나쓰밀깡이다. 껍질이 두껍고 과일이 크면서 신맛이 진하기 때문에 손을 덜 타고 보기에 좋기 때문이라고 추측을 해본다. 예로부터 밀감은 제주에서 가장 온화한 서귀포가 첫 재배지로 알려져 있다. 한라산 자락에 이어진 동홍리와 서홍리(오늘날에는 리가 동으로 바뀜)에서부터다. 5, 16 군사혁명 후 농가 소득 증대 차원에서 밀감 재배를 장려하여 제주도 전역으로 확대 재배된 것이다. 나무에서 자연적으로 떨어진 것과 차량 수송 중에 흘린 감귤이 군데군데 흩어져 있다. 과연 감귤의 본고장답다.

일기예보는 금주 내내 날씨가 좋지 않을 것이라 하여 될 수 있으면 일기가 좋을 때 먼 거리를 가야겠다고 맘을 굳힌 관계로 오늘 목표는 적어도 대정읍인 모슬포까지로 정했다. 그래서 먼눈팔 사이도 없이 앞만 보고 달리는데 남원이라는 표지가 나온다. 전라도에만 남원이 있는 것이 아니라 제주에도 남원이 있다. 이 도령과 춘향이가 광한루에서 그네를 즐기지만

이렇게 깨끗하게 보일때가 연중 며칠밖에 없다고 한다

남국의 정취가 물씬한 서귀포 월드컵 경기장 부근의 일주도로

제주의 남원에는 늘씬한 해녀와 아리따운 비바리가 밀려오는 파도와 해풍에 억센 팔을 걷어붙이고 나를 기다리고 있겠지. 음

남원을 지나고 드디어 서귀포에 닿았다. 맑게 갠 하늘 아래 눈부신 한라산의 정상이 너무나도 신비스럽게 당당히 뽐내고 있다. 오늘은 아마도 내가 오는 줄 알고 설문대 할망이 기마이 께나 쓰는가 보다. 연전에 고생 고생하여 올라갔건만 설문대 할망의 심술로 백록담을 못 보고 내려왔다. 한라산 정상은 시시각각으로 변한다. 매년 10월경부터 이듬해 5월까지 하얀 눈을 덮어쓰고 천연스레 앉아 있다.

<설문대 할망의 심술>

앙상한 뼈대에 눈꽃이 피어나고
구상나무 푸른 숲에 수정서리 빛날 적에

설문대 할망이 노망들어 심술인가?
백록담을 운무 속에 숨겨놓고
눈보라만 몰아치네

(한라산 등정 시에 지은 우현 하늘무지개
의 자작시)

https://blog.naver.com/hoilsanta/221504250805

4. 산방산, 모슬봉, 송악산 삼각점과 해상통상로 ('11. 3. 23 맑음)3일 차 성산포에서 모슬포까지 2회중 2회

용머리 바위에서 고 노무현 대통령 당선자가 무엇을 생각하고 구상을 하였을까?

용머리바위아래 하멜표류선 모형

일본이 서양 문물을 받아들이며 메이지유신을 하고 근대화하면서 그 세력이 날로 번창할 즈음 서귀포 앞바다에 괴물이 나타났다 하여 소동이 벌어진 일이 있었다고 한다. 일본의 멍글이(잠수부)가 불쑥 바다에서 올라온 것이다. 보지도 듣지도 못하였던 괴상한 괴물에 당시의 사람들은 얼마나 놀라고 황당하였을까?. 이처럼 일본은 국권 피탈(1910년) 이전부터 이미 우리나라를 내부적으로는 합병을 진행하고 있었음을 알 수 있는 것이다. 청일전쟁에 승리(1895년)하고 노일전쟁(1905년 승리)에 대비하여 일본은 무단으로 송악산과 산방산 일대를 강점하여 군사력과 시설을 강화하고 있었다. 산방산에서 송악산까지 해안가 절벽에는 러시아 함대를 겨냥하기 위하여 해안포를 설치하였던 크고 작은 인공 굴이 수없이 많다. 산방산 중턱에는 남쪽 바다 화순항(백사장으로 화물을 하역하기 좋은 환경)을 지키기 위한 포진지가 있었다. 그리고 대동아전쟁(태평양 전쟁 : 이차대전)에서 연합군 함대에게 밀리던 일본은 송악산 아래에 비행장을 건설하고, 가미가제 특공대(독고다이)를 여기서 양성하여 마지막 발악을 하게 된다.

6, 25 한국전쟁이 발발하자 모슬포와 비행장 사이에 육군 제2 훈련소를 세우고 조국을 지키는 국군을 양성한 곳이 바로 이일대 인 것이다. 미 공군 해스 대령이 전쟁고아들을 안전한 지역인 제주에 비행기로 옮기는 유명한 영화의 소재가 바로 여기 일본군이 건설하였던 비행장이었다. 지금도 모슬봉 아래에는 오래된 교회가 있고, 그때 훈련소장이던 장도영 소장이 채플을 세웠다는 비석이 있다. 그리고 5, 16 군사혁명 당시에 박정희 소장에 의하여 국가재건최고회의 의장이 되었던 장도영 대장의 이름이 새겨진 비석이 모진 풍상을 겪으면서 말없이 서 있다. 이 모든 것을 모슬봉은 내려다보고, 품에 안고서 조국의 남쪽 하늘을 지키고 있다.

국방산 요충지 산방연대

대한민국의 남쪽 하늘을 지키는 모슬봉과 훈련소가 있던 자리의 감자밭

오늘날 이곳 삼각점(모슬봉, 송악산, 산방산)은 세계 10대 경제 대국으로 성장한 대한민국의 안위가 걸린 해상교역로에 가장 가깝게 인접하여 있다. 수출입 물량의 대부분이 이 해상 루트를 따라 오가는 것이다. 원부자재가 이 바다를 거쳐오고, 이를 가공하여 생산한 수출품 또한 이 해상을 지나가는 것이다. 우리가 타고 다니는 자동차 기름도 이곳을 통하여 들어온다. 만약에 이 루트에 불순한 세력이 끼어들었다고 가정해보면, 모골이 송연해진다. 휴전선 못지않게 중요한 지역임을 알 수 있다.

그래서 정부는, 해군에서는 우리의 생명선인 해상통상로를 지키겠다고 오래전부터 여기 산방산 아래 화순항에 해군기지를 건설하려 하였으나, 일부 세력들이 평화의 섬에 해군기지가 웬 말이냐 하여 반대를 하여 무산되고 말았다. 심기일전한 해군에서는 여기보다 해군기지로써 다소 불리한 서귀포 부근의 당정마을에 건설하기로 주민들과 거의 합의를 보았으나 이마저 집요하게 반대하는 자들에 의하여 차일피일 미루어지고 있다. 이 얼마나 한심하고 통탄스러운 일인지 모른다.

고 노무현 대통령 당선인에게 어느 기자가 우리에게 가장 중요한 나라가 어느 나라냐고 질문을 던졌다. 대뜸 당선자가 말하기를 중국이라 하여 전 국민을 놀라게 한 일이 있었다. 미국이, 미 7함대가 이 통상로를 지키고 있어서 망정이지, 만약 미국이 지나 해에서 손을 떼게 되는 날에는 우리 대한민국이 어떻게 될지 깊이 생각해 보아야 한다. 그래도 평화의 섬 운운하면서 해군기지를 안 해야 하는지를. 일본과 중국이 우리의 통상로를 지켜 준다는 보장이 어디 있는지를, 그렇지 않아도 중국은 이어도가 자기네 대륙붕과 관계가 있다 하여 사사건건 물고 늘어지고 시비를 거는 현실이다.

고 노무현 대통령 당선자가 당선자 시절에 이 용머리 바위에 제일 먼저 찾아온 이유가. 이러한 국제관계의 역학 구조를 그 현장에서 이해하고 학습을 하였을 것으로 유추해 보면서 여기서 필을 놓습니다. 다음 목적지로 이어서 난필을 드리겠습니다.

https://blog.naver.com/hoilsanta/221505116518

5. 모슬봉에 핀꽃 ('11, 3, 24 맑음)4일 차 1회 모슬포에서 한 림까지

새벽 공기가 이슬 맺힌 들판을 지나서 자전거를 상쾌하게 따라붙는다

　모슬포 대정유에서 젊음을 불태우던 시절이 있었다. 코리아의 남쪽 하늘을 물샐틈없이 지키던 공군 시절이다. 어릴 때 저녁 먹고 동네 타작마당에 모여서 세상 돌아가는 이야기로부터 닭서리 해 먹고 누구 할아버지 한테 혼이 난 이야기, 강술만 먹는 누구 아버지가 술에 취해서 핫바지에 쉬를 하였다는 등 여름밤에 북두성이 자루가 돌아가도록 더위도 식히면서 밤 깊은 줄 모르고 할 때 동네 선배들의 군대 갔다 온 경험담을 흥미롭게 들었다. 나도 군대 가면 저렇게 배도 고프고, 다 떨어진 누더기 같은 군복에 너덜너덜한 농구화 신고, 나무하러 다니며 고생도 하고, 얻어터지는 일들로 조마조마하게 생활해야 하다가, 휴가 올 때는 깨끗한 옷과 워커 신발도 최고를 빌려 신고 온다는 말을 들을 때마다 본래 군대라는 것이 저런 것이구나 하고 고정관념이 되어 있었다.

항공병학교 식사당번

공군 통신하교 영어교육대

공군 통신학교 수료 기념 사진

대전의 공군 기술교육단 항공병학교에 입대를 하여 시작한 군대 생활이 지금까지 들어온 것하고는 너무나 달랐다. 집에서 먹는 그것보다 더 잘 먹었다. 스카이 블루의 미 공군 군복에 처음 매어 보는 넥타이와 인터내셔널 젠틀맨이라는 자부심에 그저 신바람 나는 생활이다. 훈련소 생활이 학교생활이나 다름없다. 집에서 하도 고생스러운 생활을 하여서 그런지 별도로 힘들다거나 고생스러움보다는 부담스럽지 않은 생활이었다. 다만 규율이 엄하고 일석점호의 긴장감이 조금 고통스러웠을 뿐이다. 잠들기 전에 야 간식으로 나누어 주던 빵과 오징어 튀김 맛은 지금도 혀끝에 감 돈다.

공군 통신학교를 거치며 무려 반년 이상 기본군사훈련과 특기 교육을 마치고 제주도 모슬포로 지원했다. 미군으로부터 부대를 인수 받은 지 얼마 되지 않아서 미군이 생활하던 시설 그대로다. 일류호텔에 못지않은 침구와 현대적인 시설들은 핫바지 입고 지게 지던 사회생활과는 너무나 호사스러운 생활이 아닐 수 없었다. 더구나 한국군의 일반 군대 생활과는 엄청난 차이의 생활을 하였다. 일찍이 군대 생활을 하면서 현대 문명의 이기를 만끽하였다. 근무방식도 24시간 3교대인 미군 매뉴얼 되로 하기 때문에 군더더기나 잡스러움이 없이 깨끗했다. 그리고 비번에는 외출자 인원수만큼 쌀을 수령 하였어는 남제주도 일원을 맘껏 누비고 다니면서 감저(고구마)도 실컷 먹을 수 있어서 너무나 신나는 생활을 하였다. 그러나 일본군으로부터 물려받은 한국인 특유의 고참이 주도하는 내무생활은 엄격한 군기를 내세우면서 졸병을 못살게 구는 버릇은 여전하였다.

비번날에는 외출 때마다 모슬포 시내를 휩쓸고 다녔기 때문에 구석구석 휜했다. 그중에서도 모슬포 포구는 가장 즐겨 찾는 낭만적인 장소였다. 좁은 시골 읍내인지라 조금은 따분하기도 하였지만, 어부들의 만선의 흥 겨움이 있고 갈매기 노래와 등대의 불빛이 좋아서 모슬포항을 자주 찾았다. 하얀 꽃말이 부서지는 곰보투성이의 시커먼 바위에 걸터 서서 보제기 (해녀)흥네도 내어보고 물개처럼 수영도 즐겼다. 그때 그 자리가 지금은 매립이 되어서 건물이 들어서고 나무들이 자라는 벽해가 상전으로 변했다. 십 년이면 강산도 변한다는 옛말이 실감 난다. 강산이 4번이나 변했으니 천지가 개벽이 되고도 남는 세월이 흘러간 것이다.

아직도 가야 할 길이 반이나 남았다. 언제까지나 추억에 얽매여 그대로 머물면 재미도 없고 발전도 더디게 된다. 과감히 떨쳐 버리고 미지의 세계를 찾아서 떠날 때 새로운 추억이 생기고 백문이 불여일견인 지식이 쌓이고 재미도 생긴다. 힘들게 노력한 만큼 보상이 주어지는 것이다. 모슬포를 뒤로하고 고산을 향하여 북북서로 진로를 돌린다. 마치 영화의 제목 같다, 동이 틀 때 출발한 것이 벌써 두 시간 정도 지났다.

한적한 시골의 새벽 공기가 이슬 맺힌 들판을 지나서 자전거를 상쾌하게 따라붙는다. 자연과 하나가 된다. 바로 이때. 시기라도 하는 양 난데없는 휴대폰 벨 소리가 적막을 깨뜨리고 도취 상태에서 깨어나게 한다. 서호를 사랑하는 시민모임에서 안부를 묻는 전화다. 누가 일일이 걱정해주는 세상이 아닌 각박한 세상에, 고맙기 그지없다. 내가 먼저 해야 하는데! 무심한 나를 탓하면서 삼다의 소식을 간단하게 드리고 흐뭇한 마음에서 또 신나게 간다. 올레길을 찾아서....마치 경상도 사투리로 니 올레…. 하고 다정한 목소리가 들리는 것 같다.

https://blog.naver.com/hoilsanta/221505142702

6. 바다냄세를 뿌리고 간 굽이진길 ('11, 3, 24 맑음)4일 차 2회 모슬포에서 한림까지

알면 병되고 모르면 약되고······

제주도의 주 농작물이 보리, 감저(고구마), 조 등이 었다. 한때는 보리 중에서도 맥주의 원료가 되는 맥주맥을 많이 심기도 하였다. 오늘날에는 고 소득 작물인 감자, 당근, 마늘 등으로 바뀌고 있는 것 같다, 이중에서 마늘은 가을에 심어서 봄에 수확하는 작물로써 겨울철에도 밭을 놀리지 않고 영농을 할 수 있을 뿐만 아니라 제주의 토질에 적합하여 널리 재배되고 있다. 이른 봄에 밥상에 올라오는 싱싱한 풋마늘을 아주 좋아한다. 뿌리는 말할 필요도 없고 줄기와 잎까지 고추장에 찍어서 먹는 그 맛은 일품이다. 마늘이 봄에 좋다 하여 먹으려고 해도 맵기도 하고 냄새도 별

차귀도와 능대

로고 하여 일부러 먹기에는 어려움이 많다. 마늘 대신에 풋마늘을 먹으면 매운 맛도 덜하고 상큼한 풋냄새가 좋아 즐겨 먹었다. 근자에 타임지에서

10대 건강식품으로 선정한 것을 보면 첫째가 토마토고 두 번째가 마늘이다. 이렇게 이로운 건강식품으로서의 마늘을 지금 까지 기회 있을 때 마다 역설하고 권장하여 왔다. 그런데 이번에 내가 얼마나 어리석은 짓을하고 다녔는지 알게 되었다.

꾸불거리는 돌담 따라 고씨네, 양씨네, 부씨네 마늘밭이 끝없이 펼쳐져 있고, 성성한 마늘들이 기세 좋은 동양난 같이 사이좋게 자라고 있는 밭에, 난데 없는 하늘에서 우유물 같은 하얀 농약이 덮쳐 내린다. 의좋은 중년의 농부 부부가 서로 도와 가면서 마늘을 생각하는지 수입을 생각하는지 열심히도 뿌려 된다.

\<마늘아 마늘아 우리 마늘아\>

담 넘어 양지 밭에
땅심 깊이 묻었더니
해풍 막아 싹트고
삭풍 막아 새잎나고

동풍 받아 자랐구나

속병들어 말라지고
벌레 먹어 꺾일가봐
편작 불러 약 짓고
우유물로 씻어 주네

맘 놓고 자라 거라

이제나 저제나
고대 하던 마늘 농사
큰 숨 한번 쉬어 보게
마늘 풍년되어 다오

136

생각에 잠겨 있는 돌 하르방

　이윽고 차귀도가 보이고 김대건 신부의 성지를 알리는 안내판이 바람에 나붓기는 길을 따라 해안가로 접어 들자 절경이 나타난다. 해녀 조각도 세워두고 정자도 있다. 구도를 잘잡은 사진 같이 그림같은 집들을 알맞게 도 지워 놓은 언덕 배기를 지나고, 파도가 밀려와 바다 냄새를 뿌리고 간 굽이진 길을 따라, 하얀 포말이 부셔지고 해조음이 들리는, 너무나도 자연스럽고 평화로운 낭만이 숨쉬는 올레길이 끝나갈 즈음에, 언덕 위에 하얀 모텔에서 유리창을 꿰뚫고 바다를 바라보다가 잠이 들었다.

https://blog.naver.com/hoilsanta/221505995461

7. 어느누가 인간만사 세옹지마라 하였던가 ('11, 3, 25 맑음)5 일 차 한림에서 올레길타고 제주시까지

어느누가 인간만사 세옹지마(塞翁之馬)라 하였던가?

　그동안 구제역 관계로 내륙지역의 올레길 보다는 해안도로를 끼고 답사를 많이 하였는데 오늘은 내륙 깊숙이 더듬어 들어 갔다. 제주도 하면 귀양이나 가고, 바람 여자 돌이 많은 고장으로 척박한 땅에서 조, 보리, 고구마 등으로 겨우 연명이나 하던 곳으로 알려졌던 곳이다. 육 칠십년대 만 하드라도 육지로 나오는 것을 크게 출세나 하는 것으로, 그렇게 부러워 하였던 것이다. 그동안 사정은 역전되어 육지에 나온 사람들은 별로 변한게 없으나, 풍요를 누리는 고향사람들이 더 크게 보이게 되었다. 어느 누가 인간만사 "새옹지마"라 하였던가?. 흔히 한나라의 발전정도를 상수도 보급과 포장도로를 기준으로 평가하는 경우가 있다. 제주특별자치도는 이두 함목에서 만은 단연코 세계 톱이라고 볼 수 있다. 골목길까지도 포장 안된 곳이 없을 정도다, 산비탈 외딴 밭에도 스프링 쿨러가 물을 내뿜고 있다

항파

몽고의 침략을 받은 고려는 강화도에서 거의 백여년을 버티다 결국은 무릎을 꿇었다. 이를 거부한 집단인 삼별초가 진도에 진을 치다가 제주에서 마지막 항쟁을 하게 된다. 그때 항쟁을 우리는 끝까지 조국을 지킨 귀감으로 받아 들이고 있는 것이다. 다행이도 제주도에서는 곳곳에 흩어져 있는 그 유적들을 보수하고 다듬어서 민족의 얼을 되새기고 관광자원으로 활용하고 있는 것이다. 그 중에서도 항파두성은 규모도 클 뿐만 아니라 흙으로 쌓은 독특한 축성으로 역사적 가치도 크리라 어겨 진다. 올레길 코스에 이들을 살펴 볼수 있도록 하여 두었다. 아열대 숲속을 헤치고 다니는 재미도 솔솔하고 이따 끔 나타나는 산중의 마을에 흐드러진 철 놓친 밀감이 시선을 끌기도 한다. 자전거는 탈 수도 없고 끌고 다니기도 여간 불편한게 아니다.

산길을 더듬고 마을 안길을 누비다가 제주공룡랜드에서 기념사진 찍고 제주 서귀포간 지방도를 타고 제주 시내로 들어 왔다. 한라산 중허리께서 부터 제주로 내려오는 수십km 비탈길을 순식간에 내려 왔다. 그 무서우리만큼 내리 꽂이는 속도와 온몸으로 바람을 가르는 쾌감은 어디에서도 느끼기 어려운 짜릿함이다. 충남 보령에서 차령산맥을 넘을때 45분을 끌고 올라가서는 단 오분만에 내려올 때와는 또 다른 맛이 있다. 이게 자전

두성(토성)

거를 타는 진짜 멋인지도 모른다.

　제주도 하면 대뜸 떠오르는 것이 있다. 한라산을 제외하고 성산의 일출봉, 서귀포의 폭포, 사계리의 산방산, 제주시내의 용두암이 대표적이 아닐까 한다. 제주에서 군용트럭을 타고 모슬포로 갈 때 용두암을 지나서 갔던 기억이 나고, 그 이후 몇십년을 지나 이번에 제대로 용두암을 답사를 하였다. 용두암이 정말로 용을 닮았는지 용이 용두암을 빼 닮았는지 알수 없다. 어떻게 보면 용암이 바닷물에 갑자기 굳어진 하나의 바위일 뿐인데도 인간이 제마음 데로 의미를 갔다 붙여서 용의 머리와 형상이 같다하여 용두암이라 부르고 뭇 사람들을 끌어 들이고 있는 희한한 세상을 들여다 보는 현장일 수도 있지 않나 하는 생각을 해본다. 용두암 바로 동북쪽 바다에 반쯤 잠겨 있는 기다란 바위가 더 용처럼 보이는 데도 세워진 이상야릇한 바위만 용이라 대접받고 있는 이유가 무엇일까?

용두암

어느 사회 어떤 조직일지라도 맡은바 직분에 열심인 사람이 있고, 일은

용두암 부근의 인어 조각상

뒷전이고 입으로 한몫하는 이가 있다. 대개 입으로 한몫하는 사람은 아첨꾼 아니면, 골목대장처럼 자기는 아니하고 남을 시켜 먹는 부류다. 시쳇말로 리더십이 있는 자다. 묵묵히 자기 일을 열심히 하는 사람은 굳이 자기를 내세우려 하지 않는다. 말로 한몫하는 사람은 마치 자기가 다 한양 보이게 한다. 보이지 않고 나타나지 않은 참된 일꾼은 어느 누가 알아주지도 않는다. 용두암이 내가 용을 닮았소 하고 솟궂혀서 뭇사람들의 찬사와 시선을 받고 있으나, 물에 반쯤 잠긴 진짜 공룡닮은 공룡바위는 아무도 주시하는 이 없이 파도만 덮어 쓰고 있다. 고얀지고.....

https://blog.naver.com/hoilsanta/221506014573

8. 탐라국에서 제주도로('11. 3. 26 맑음) 6일 차 제주시 둘러보기

어제 제주 시내 일부 답사를 하고 내일이면 돌아간다는 생각에 한결 푸근한 잠을 잤다. 해가 중천에 뜨자 미처 둘러보지 못한 시내의 읍성을 찾았다. 전국의 곳곳에 큰 고을이면 대개는 읍성이 있었다. 마찬가지로 제주에도 제주를 지키는 읍성이 있었다. 크지는 않으나 당시의 규모나 형태는 짐작할 수 있을 정도다. 외적의 침탈로부터 백성을 보호하고 나라를 지키는 국방의 보루인 셈이다. 외부로부터 도움을 받기 어려운 멀리 떨어져 있는 상황에서 자주적인 방어책이야말로 최선의 길이었음을 알 수 있다.

고 양 부의 삼성혈과 인근의 박물관을 다시 한번 살펴보고 국립제주민속박물관을 찾았다. 선사시대부터 제주의 역사를 한자리에 전시하여 두고 수많은 관광객과 학생들에게 제주를 알리고 있다.

삼성혈

142

제주읍성

제주항의 산지등대

제주도가 삼국시대에는 탐라국으로 하나의 독립된 국가 형태를 가지고 오다가 고려 때 들어 와서 고려에 거의 편입되었다고 한다. 몽골침략 후에는 한때 원나라의 지배를 받기도 하였다는 것을 알게 되었다. 고려는 원의 세력을 몰아내고 우리나라 일부가 되었고 그 후 조선조에는 제주 목사가 파견되어 관리하였다고 한다. 그 외도 지리적으로 한반도의 남쪽에 위치하여 유구, 일본, 중국 등과도 활발한 교역이 이루어진 경로를 그려 놓았다. 해상 교통의 요지였음은 예나 이제나 다를 바가 없다.

우리는 이 제주도를 하나의 관광지로만 여길 것이 아니라 앞에서도 언급한 바와 같이 우리의 생명줄인 이른바 시래인(SEA LANE)인 해상통상로를 지키는 국방상 둘도 없는 지역임을 알아야 할 것이다. 평화의 섬 운운만 하고 있을 때가 아님을 명심하여야 한다.

돌아갈 배를 타는 부두로 오는 길에 사라봉공원의 정상 정자에서 그림 같은 제주시를 다시 한번 둘러보고 산지 등대에서 아름다운 제주항의 전경을 담았다. 저녁 7시 드디어 약 240km에 걸친 일 주간의 제주도 일주 겸 올레길 답사를 마치고 올 때 타고 왔던 배에 올랐다. 멀어지는 제주가 서해의 낙조와 어우러져 잊지 못할 추억 속에 사라져 갔다.

육지가 가까워지는 다음날 새벽에 일찍 눈을 뜨고 갑판으로 올라갔다. 희미한 육지가 칠흑 같은 어둠 속에 서서히 모습을 드러내기 시작한다. 서해의 일출을 보리라 기대했던 꿈은 먹구름에 가려지고 불그레한 빛이 수평선에서 서서히 밝아 온다. 평택화력발전소가 보이고 이어서 영종도의 발전소가 굴뚝에서 연무를 뿜어내고 있는 것이 시야에 들어온다. 날은 완전히 밝았다. 바다에는 해무가 엷게 깔리고 인천대교를 지나 부두에 닿은 것이 예정보다 반 시간 정도 지나서 2011년 3월 27일 09시 30분이다. 이로써 한번 해보고 싶었던 제주 올레길 답사 겸 일주 자전거 여행이 무사히 막을 내렸다. 아들이 몰고 온 차에 자전거를 싣고 집에 왔다. 반가워하는 마누라 얼굴이 보기에 좋다.

나의 아름다운 자전거 타기

발 행 | 2021년 05월 20일
저 자 | 문호일
펴낸이 | 한건희
펴낸곳 | 주식회사 부크크
출판사등록 | 2014.07.15.(제2014-16호)
주 소 | 서울특별시 금천구 가산디지털1로 119 SK트윈타워 A동 305호
전 화 | 1670-8316
이메일 | info@bookk.co.kr

ISBN | 979-11-372-4541-9